Hugues Algernon Weddell

Übersicht der Cinchonen

Hugues Algernon Weddell

Übersicht der Cinchonen

Unveränderter Nachdruck der Originalausgabe von 1871.

1. Auflage 2024 | ISBN: 978-3-38635-129-4

Antigonos Verlag ist ein Imprint der Outlook Verlagsgesellschaft mbH.

Verlag: Outlook Verlag GmbH, Zeilweg 44, 60439 Frankfurt, Deutschland, info@outlook-verlag.de
Vertretungsberechtigt: E. Roepke, Zeilweg 44, 60439 Frankfurt, Deutschland
Druck: Libri Plureos GmbH, Friedensallee 273, 22763 Hamburg, Deutschland

ÜBERSICHT DER CINCHONEN

von

H. A. WEDDELL,

Dr. med.

DEUTSCH BEARBEITET

von

Dr. F. A. FLÜCKIGER,

PROF. AN DER UNIVERSITÄT BERN.

SCHAFFHAUSEN.   1871.   BERLIN.

BRODTMANN'SCHE BUCHHANDLUNG.   RUDOLPH GAERTNER.

Vorwort des Uebersetzers.

Was der Verfasser durch die vorliegende Arbeit erreichen will, spricht er in den einleitenden allgemeinen Bemerkungen klar genug aus; ich habe geglaubt, ihn recht zu verstehen, wenn ich den Titel seiner Schrift: *»Notes sur les Quinquinas«* zu einer Uebersicht der Cinchonen erweiterte und uns denselben zugleich mehr mundgerecht machte.

Die tabellarische Uebersicht ruht auf der gesammten Masse des bis jetzt angehäuften Wissens über die Cinchonen, welches uns, seinem Inhalte nach, hier zum ersten Male festgegliedert vollständig entgegentritt. Die beigegebenen Bemerkungen enthalten nicht nur die Begründung der leitenden Grundsätze, sondern auch zahlreiche Aufschlüsse der verschiedensten Art und lassen ausserdem eine Reihe noch unerledigter Einzelnheiten hervortreten, um sie künftiger Forschung zu empfehlen.

Sicherlich wird diese sich auch berichtigend der vorliegenden Arbeit zuwenden; ihre Uebersichtlichkeit aber ist ein Verdienst, welches meines Erachtens selbst durch zahlreiche nothwendig werdende Berichtigungen nicht so bald geschmälert werden dürfte; die Durchsichtigkeit der Arbeit ist so gross, dass sie voraussichtlich durch die Bereicherungen der nächsten Zukunft nicht getrübt werden wird.

So erschien mir diese Schrift; ich hielt es für eine Pflicht der Dankbarkeit, sie auf deutschen Boden zu verpflanzen. Weddell ist es ja in der That, der 1849 zuerst das Studium der Cinchonen wahrhaft wissenschaftlich angriff, nachdem er die Kenntniss der Cinchonen so wesentlich gefördert hatte. Und heute gewährt es ein besonderes Interesse zu sehen, wie seine sichere Hand, jetzt noch wirksamer unterstützt von Howard's reicher

Erfahrung als damals von Guibourt, das seit zwei Jahrzehnten mächtig angewachsene Material zurecht legt.

Das Interesse an diesem Bau droht freilich zu schwinden, wenn einmal die Synthese der Chinabasen gelungen sein wird; doch knüpfen sich so mancherlei Fragen an die Cinchonen, dass die auf ihre allseitige Erforschung gerichteten Arbeiten wohl kaum ganz ihre Bedeutung durch jenen in Aussicht stehenden Triumph der Chemie verlieren werden.

Wenn ich sagte, dass Weddell das bezügliche Material zusammenfasse, so muss doch die im Anhange unter 17 genannte Schrift von Miquel bis zu einem gewissen Grade ausgenommen werden. Weddell erklärt am Schlusse, dass er sie nicht rechtzeitig genug erhalten habe, um sie gehörig berücksichtigen zu können, und gibt in Kürze ihren Inhalt an. Indem ich diese Anzeige hierher nehme, erlaube ich mir, auf meine Besprechung der Miquel'schen Schrift im Archiv der Pharmacie Bd. 193 (1870) 88—93 zu verweisen und füge blos bei, dass Miquel 4 neue Cinchonen aufgestellt und 13 schon bekannte besprochen hat. Jene erstern sind: *Cinchona euneura, C. Hasskarliana* (der C. carabayensis nahe stehend), *C. subsessilis* (der C. pubescens verwandt), *C. caloptera* (der C. purpurea sehr ähnlich). Daran reiht sich eine neue Varietät *rugosa* der C. Calisaya. Dass jene neuen Species zu den werthvollen gehören, ist nicht erwiesen, für die zwei letztern vielmehr das Gegentheil.

Weddell hat mich zu einer sehr freien Uebersetzung seiner Arbeit ermächtigt. Ich unterlasse es, Kürzungen und Auslassungen sowohl als Zusätze, die mir geboten schienen, in jedem einzelnen Falle zu rechtfertigen und gestatte mir nur deshalb darauf hinzudeuten, damit die Mängel nicht unbedingt dem Verfasser zugeschrieben werden. Leider hat mich der Krieg verhindert, für manche Einzelnheiten, welche ich willkürlich verändern zu müssen glaubte, noch die Zustimmung des Verfassers in Poitiers einzuholen.

A. Allgemeine Bemerkungen.

I.

Meine Naturgeschichte der China [1]) hatte in doppelter Hinsicht zur Abrundung der bezüglichen Kenntnisse beigetragen. Einerseits gab es 1849 kein neueres auf selbständiger Forschung ruhendes Werk darüber und anderseits hatten die ältern Schriften die südperuanischen Cordilleren und Bolivia ausser Acht gelassen.

Ich hatte gedacht, die Uebersicht meiner Forschungen über die Fieberrindenbäume auf die von mir lebend beobachteten Arten zu beschränken, entschloss mich aber bald, dieselbe auf die ganze Gruppe auszudehnen. Die in dieser Weise zu hoffende Vollständigkeit lief freilich Gefahr, manche Irrthümer mit in Kauf nehmen zu müssen, weil das zur Verfügung stehende Material weder vollständig, noch überall mit durchaus genügenden Nachweisen versehen war. Auch durften die damals vorliegenden chemischen Analysen der Rinden nicht als streng vergleichbar erachtet werden. Dennoch konnte die Uebersicht immerhin ein im Ganzen zutreffendes Bild des damaligen Standes des cinchonologischen Wissens gewähren. Die unvermeidlichen Ungenauigkeiten mussten gerade unerledigte Punkte hervorheben und zu ihrer baldigen Lösung auffordern, eine Erwartung, welche sich in der That zu meiner Freude verwirklicht hat. Neben der in erster Linie zu nennenden Einführung der Fieberrindenbäume in Ostindien muss der hohen Verdienste jener Männer gedacht werden, welchen die Erledigung einer Anzahl der angedeuteten, lange vernachlässigten Aufgaben zu verdanken ist.

II.

Die Forschungen von R u i z und P a v o n, von M u t i s, von H u m b o l d t und B o n p l a n d und der Schüler dieser unserer ausgezeichneten Vorgänger hatten sich auf die Landschaften Neu-Granadas und Nordperus bezogen. Allein die Berichte über ihre Erzeugnisse, welche bis zu der Veröffentlichung meiner Naturgeschichte der China bekannt geworden, standen ausser allem Verhältnisse zu der Berühmtheit jener Länder und zu den Erörterungen, welche sich an ihre Erforschung geknüpft hatten. Ein grosser Theil der cinchonologischen Arbeiten der beiden erstgenannten Botaniker war ungedruckt geblieben, obwohl man davon Kunde hatte. H o w a r d hat der Wissenschaft einen grossen Dienst geleistet, indem er P a v o n's Quinologia [2]) an das Licht zog und uns so den Reichthum

Nord-Perus an Cinchonen weit vollständiger vorführte als Ruiz oder die Flora von Peru [3]) gethan. Ebenso hat Markham das Originalwerk von Mutis [4]) allgemein zugänglich gemacht und uns damit einen richtigen Begriff von dem Umfange der Kenntnisse über die Chinabäume des mittleren Striches von Neu-Granada verschafft, welche jene Zeit besessen. Karsten endlich hat durch schöne Beobachtungen [5]) die Lücken ausgefüllt, welche noch in Betreff des nördlichen Gebietes von Neu-Granada fühlbar waren. Diese Werke bilden innerhalb der letzten zwei Jahrzehnte die wichtigste Bereicherung unserer Fachliteratur. In Folge der von den Regierungen Englands und Hollands angeordneten Aufsuchung der für die Uebersiedelung nach Indien geeigneten Cinchonen wurde gleichfalls unsere Kenntniss mancher Arten sehr vervollständigt und sogar einige neue aufgefunden. Wir dürfen uns in dieser Beziehung nur die Namen Hasskarl, Markham, Spruce, Pritchett, Cross in Erinnerung rufen. Mit nicht geringerem Erfolge habe andere in Sammlungen und Laboratorien, durch Vergleichung der Rinden sowohl als durch chemische Untersuchung zahlreiche hierher gehörige Einzelfragen bearbeitet. Neben den so wohl bekannten Namen Guibourt's und Howard's muss ich diejenigen von Berg und O. Schmidt, Delondre, Klotzsch, Pereira anführen und weiterhin, unter den Zeitgenossen, Broughton, Flückiger, Miquel, Pasteur, Phoebus, Gustav Planchon, E. Reichardt, Schleiden, Vogl, de Vrij. Diese Hinweisung möge genügen, um die Fortschritte auf diesem Gebiete anzudeuten.

III.

Vom rein botanischen Standpunkte aus kamen vor 20 Jahren vorzüglich drei Werke in Frage, namentlich wenn es sich um die Begrenzung des Genus Cinchona handelte. Nämlich Band IV (1830) des *Prodromus* von De Candolle, Endlicher's *Genera Plantarum* (1826—1840) und Band XIV von Hayne's *Darstellung* und Beschreibung der in der *Arzneikunde* gebräuchlichen *Gewächse*, worin Klotzsch 1843 die Cinchonen bearbeitet hatte. Nur in diesen Schriften, namentlich in den beiden letztern, ist eine scharfe Trennung der Fieberrindenbäume von den falschen Chinabäumen, gestützt auf das Verhalten der Fruchtkapseln, durchgeführt. Bei den echten Cinchonen nämlich springen sie von unten nach oben auf, bei den falschen umgekehrt.

Immer hatte ich diese Eigenthümlichkeit zur bestimmten Abgrenzung der fieberwidrigen Cinchonen für ausreichend erachtet, bis ihre Bedeutung in letzter Zeit durch Karsten beanstandet wurde. Er führt falsche Chinabäume an, deren Kapseln bald in der einen, bald in der andern Richtung aufspringen, so wie anderseits echte Cinchonen mit Früchten, welche sich ausnahmsweise auch von der Spitze nach dem Grunde hin öffnen sollen. Auch Howard theilte mir unlängst brieflich ähnliche Wahrnehmungen mit, welche sich auf die Cinchona beziehen, welche die Pitayo-Rinde liefert, und auf C. Condaminea aus Amerika und aus Indien. Diese alkaloïdreichen Arten bieten an Howard's Exemplaren oben geöffnete Kapseln dar. Da ich gleichfalls einen derartigen Fall beobachtet hatte, darf ich diese Thatsachen nicht bezweifeln. Aber ich hegte und hege immer noch den Verdacht, dass diese Abweichungen erst durch das Einlegen der betreffenden Herbarium-Exemplare herbeigeführt werden. Um also zugeben zu können, dass die Früchte einer und derselben Art bald so, bald anders aufspringen, muss ich die Bestätigung dieses Verhaltens am lebenden Baume abwarten. Fortgesetzte Beobachtung der jetzt in Indien angebauten Cinchonen wird uns hierüber bald aufklären.

IV.

Aber die Cinchonen, so gut wie andere wahrhaft natürliche Geschlechter, unterscheiden sich von den zunächst verwandten Gruppen nicht nur durch ein einzelnes Merkmal. Wer nur irgend einmal z. B. die Blumenkrone der Cinchonen ins Auge fasst, wird sie ohne Zögern unterscheiden von derjenigen der falschen Chinabäume. Die langen verfilzten Keulenhaare, welche die Lappen der Krone zieren, finden sich ausnahmlos bei den Cinchonen, nicht aber bei irgend einem der benachbarten Geschlechter. Ich erwähne nur nebenbei auch den Wohlgeruch der Cinchonablüten, nach meiner Erfahrung immerhin auch ein gutes Merkmal. Bei den verschiedenen von mir beobachteten Arten fand ich immer denselben Duft, aber bei keiner andern Pflanze dieser ganzen Unterfamilie. Soll ich auch noch die besondere Bedeutung hervorheben, welche der Alkaloïdgehalt diesem Genus verleiht? Noch neuerdings (November 1869) bekräftigt mir Howard den allgemeinen Erfahrungssatz, dass die China-Alkaloïde auf die echten Cinchonen beschränkt sind, was auch dagegen eingewendet*) worden sein mag.

Obwohl in der Bildung jener Basen durch diese Pflanzen kein eigentlich botanisches Merkmal liegt, so springt doch die Bedeutung dieses Zusammentreffens chemischer und morphologischer Eigenthümlichkeit in die Augen.

V.

Welches nun auch der Werth der oben erwähnten Einwendungen Karsten's sein mag, so kann ich ihm jedenfalls nicht beipflichten, wenn er das Genus Cinchona aus den drei Abtheilungen Quinquina, Heterasca und Ladenbergia bildet. Es muss nach meiner Ansicht durchaus auf die erstere beschränkt bleiben; die beiden andern Abtheilungen sind zu einem besondern Genus *Buena* zu erheben, welchem also z. B. die von Karsten entdeckten und abgebildeten ⁶) Arten Cinchona bogotensis, heterocarpa, Moritziana, pedunculata, prismatostylis zuzutheilen sind. Cinchona Henleana Karsten, Cascarilla Muzonensis Weddell und Cascarilla Hookeriana Wedd. sind hier noch nicht mit aller Sicherheit unterzubringen, vielleicht zum Range eines eigenen Genus „Muzonia" berechtigt. Das ganze Genus Cascarilla nämlich muss fallen und alle von mir unter diesem Namen beschriebenen Arten zu Buena gezogen werden aus Gründen, welche ich in Linnean Society's Journal VI. 185 unlängst entwickelt habe.

VI.

Die oben (pag. 6) erwähnte Arbeit von Mutis führt den Titel: „Quinologiae pars quarta, continens descriptiones generis, specierum et varietatum," während er das

---

*) vergl. Flückiger, Pharmakognosie 415.

Gesammtwerk „El Arcano de la Quina" benannte. Markham hat uns die Schicksale dieses Manuscripts vor seiner Veröffentlichung vorgeführt. [7]) Die drei ersten Theile, die medicinischen Eigenschaften, die Gewinnung und die Anwendung der Chinarinden behandelnd, sind 1828 in Madrid erschienen. Den vierten, rein botanischen Theil hielt der Herausgeber, Dr. Gregorio, wohl nicht für gleich werthvoll, so dass er bis auf die neueste Zeit in einem Schuppen des botanischen Gartens zu Madrid vergraben blieb. Anders urtheilte mit vollem Rechte Markham, welchem wir, wie schon erwähnt (pag 6), den Druck dieses Theiles verdanken. Er erwies hierdurch Mutis einen grossen Dienst, dessen Leistungen schon zu seinen Lebzeiten namentlich deshalb so verschieden beurtheilt worden waren, weil seine Schriften nicht vorlagen. Die jetzt durch Markham veröffentlichte hat mich durch den Geist, von dem sie offenbar getragen ist, überrascht. Gebe ich auch zu, dass Mutis, wie mehr als einer seiner Nachfolger, vor gründlicher Durchdringung seines Stoffes zu sehr systematisirt, so scheint mir dieser Fehler immerhin geringer als eine ordnungslose Anhäufung ven Thatsachen. Dieses aber haben sich die Nebenbuhler des berühmten Botanikers von Santa-Fé einigermassen zu Schulden kommen lassen. Wohl hat Don Lopez Ruiz schon 1772 Cinchonen bei Houda in Neu-Granada bemerkt und Mutis darüber erst 1793 öffentlich berichtet. Der letztere aber, mehr als jeder andere, hat zur Nutzbarmachung der Entdeckung beigetragen.

Vorzüglich jener allzu kurze vierte Theil der Arbeit von Mutis legte mir die Frage nahe, ob es nicht zeitgemäss wäre, die zahlreichen neuern botanischen und chemischen Beiträge zur Kenntniss der Cinchonen zu einer möglichst abgerundeten Uebersicht zusammenzufassen.

Ich habe schon die Quellen angedeutet, aus welchen ich zu diesem Ende geschöpft habe, fühle mich aber gedrungen, noch besonders der unermüdlichen Gefälligkeit Howard's zu gedenken, welcher ich, abgesehen von seinen Schriften, noch werthvolle Beiträge zu danken habe. Auch Planchon's treffliche Schrift [8]) hat mir viele Winke gegeben.

Einer befriedigenden Anordnung der so zahlreichen Formen dieses Geschlechtes stehen jedoch folgende Schwierigkeiten im Wege.

1) Der Mangel botanischer Merkmale, welche zur Umgrenzung von Unterabtheilungeu geeignet wären.

2) Zur Unterscheidung einer Art von der andern muss eine Reihe von Merkmalen herbeigezogen werden; nur in sehr wenigen Fällen reicht ein einzelnes aus.

3) Die Cinchonen werden in hohem Grade beeinflusst durch alle die besondern Verhältnisse ihrer Standorte, zumal in den Berggegenden, und erleiden dadurch bedeutende Abänderungen. Die Ableitung solcher Formen müsste in Ermangelung genauester Anhaltspunkte ungewiss bleiben.

4) Nicht nur die Form, Textur und Farbe der Organe werden abgeändert, sondern auch, und zwar mitunter in weit höherem Grade, die Art und die Menge der im Innern der Gewebe entstehenden Stoffe. Die höchst merkwürdigen Untersuchungen Karsten's [*]) haben den Einfluss des Standortes namentlich auf den Chinin-Gehalt nachgewiesen.

---

[*]) in der am Schlusse unter 5 genannten Schrift. — Siehe Flückiger, Pharmakognosie 504.

5) Endlich sprechen die in Indien aus Samen erzielten Cinchonen für eine Kreuzung zwischen mehreren Arten, so dass der Schluss nahe liegt, es möchten dergleichen Bastarde gleichfalls in der Heimat der Cinchonenbäume selbst auftreten und auch schon den Weg in unsere Herbarien gefunden haben.

Die grössere oder geringere Leichtigkeit, mit welcher sich in der Cultur diese Kreuzungen vollziehen, darf aber wohl nicht allzu voreilig auch in den Wäldern der Cordilleren vorausgesetzt und zur Erklärung des ausserordentlichen Formenreichthums der Cinchonen herbeigezogen werden. Das mehr zerstreute Vorkommen der verschiedenen Arten angehörigen Bäume im freien Zustande, vielleicht auch die geringere Zahl von Insecten, welche hier die Blüten besuchen, mag unter natürlichen Verhältnissen die Kreuzung viel seltener zulassen, als da, wo mehrere Arten gemischt oder doch einander benachbart in grösserer Zahl gezogen werden. Man wird sich daher auch vorzugsweise der Ableger bedienen müssen, um bei der Vermehrung reine Arten festzuhalten.

Die Formen, welche das Genus Cinchona darbietet, scheinen immer zu weiterer Veränderung geneigt und die Glieder der ganzen Reihe so innig verbunden zu sein, dass man fragen darf, ob dieselbe sich nicht aus einer nur sehr beschränkten Zahl ursprünglicher Typen entwickelt habe. Die Annahme mehrerer solcher scheint mir jetzt empfehlenswerther, als die Voraussetzung einer einzigen ursprünglichen Grundform, welche von Howard [9]) und von mir selbst [10]) angeregt worden war. In Uebereinstimmung mit ersterer Anschauung, wie es scheint, hat auch wohl Mutis sich in seiner Quinologia auf nur zwei Arten, die Cinchona lancifolia und C. cordifolia beschränkt und denselben alle andern ihm bekannt gewordenen Formen als Spielarten angereiht. Er hat sich also von dem Gedanken leiten lassen, sonst zerstreute Glieder der Reihe auf wenige Grundformen zurückzuführen. Und heute noch erscheint mir dieses Verfahren am geeignetsten, um einen einigermassen klaren Einblick in die Beziehungen, die Reihenfolge der Formen dieser Pflanzengruppe zu gewähren, so dass ich es dem Entwurfe der nachfolgenden Eintheilung zu Grunde gelegt habe. Zunächst habe ich nämlich kleinere Gruppen gebildet aus Formen, die in der Gesammtheit ihrer Merkmale ein unverkennbar übereinstimmendes, wenn nicht geradezu scharfes Gepräge erkennen lassen. Diese Gruppen zweiter Ordnung oder Zweige (Rameaux) lösen sich einerseits in die einzelnen Arten (Species) auf und werden anderseits zu wenigen Gruppen erster Ordnung zusammengelegt und jeweilen nach einer ihrer hervorragendsten Formen benannt, welche als Stammform (Souche, Stirps) betrachtet werden mag. Die Species endlich enthalten noch die Unterarten, die Varietäten und Subvarietäten.

Die nahe liegende Frage, was ich denn unter Species (Art) verstehe, findet ihre folgerichtige Erledigung in meiner obigen Auseinandersetzung über die enge Verwandtschaft der Formen des Genus Cinchona. Hiernach stellt sich die Species in der Stufenreihe der Abänderung einfach einen oder zwei Grade höher als die Varietät. Das Verhältniss der Species meiner Uebersicht zum Zweige (Rameau) einerseits und zur Unterart und Varietät anderseits ist also das gleiche, welches der Zweig zwischen der Stammform (Souche, Stirps) und der Species darstellt. Diese Benennungen erhalten somit eine veränderte Bedeutung.

Würde man gewisse andere Geschlechter ebenso eingehend untersuchen wie die Cinchonen, so müsste gleichfalls eine ebenso erweiterte Beziehungsweise nothwendig werden. Die Cinchonen aber zeigen wohl am besten, wie wenig sich der Begriff der Species sicher feststellen, wie sehr er sich vorgefassten Ansichten oder augenblicklichen Bedürfnissen anbequemen lässt.

Die Bedeutung meiner 5 Gruppen erster Ordnung wird bei der Betrachtung der Uebersicht leicht verständlich; ich hebe nur noch hervor, dass zwei derselben zwei Mutis'schen Arten analog sind. Geht man auf die Arbeit von Mutis zurück, so zeigt sich in der That die erste meiner Hauptgruppen (Stirps Cinchonae officinalis) nahezu mit seiner C. lancifolia übereinstimmend *) und meine fünfte (Stirps C. ovatae) mit C. cordifolia von Mutis.

Die Uebereinstimmung geht jedoch nicht weit; die Wichtigkeit der heutigen Grundformen ist viel bedeutungsvoller und erleichtert die Anordnung und die Benennung der verschiedenen Stufen der Abänderungen. Die in meinen übrigen drei Hauptgruppen zusammengefassten Arten scheint Mutis nicht gekannt zu haben.

Zum Schlusse dieser einleitenden Bemerkungen möge noch einer auffallenden Eigenthümlichkeit der Arten des ersten Zweiges meiner zweiten Hauptgruppe (Stirps C. rugosae) gedacht werden. Ihre Blumenkronenröhre ist nämlich innen behaart und dieses Merkmal ist, strenge genommen, das einzige, welches eine Gruppirung der Cinchonen-Arten im gewöhnlichen Sinne ermöglichen würde.

---

*) und ebenso mit meiner C. Condaminea, wenn man davon die Varietät pitayensis (Hist. nat. des Quinq. p. 38) ausscheidet. — Ohne die Condaminea nämlich in der Ausdehnung meiner Hist. nat. des Quinq. noch ferner aufrecht erhalten zu wollen, gestatte ich mir immerhin, Howard's Ansicht (Nueva Quinologia Introduct. p. VI) anzuführen, dass C. Condaminea in Popayan durch verschiedene Formen in C. pitayensis übergehe und weiterhin in Neu-Granada vielleicht in C. lancifolia Mutis.

B. Uebersicht der Arten, Unterarten, Varietäten und Sub-varietäten des Genus Cinchona, angeordnet nach ihrer muthmasslichen Abstammung.

Erläuterung:

Die Namen der **SPECIES** (Arten) sind mit Initialen gedruckt und mit fortlaufenden Nummern 1 bis 33 versehen; diejenigen der Subspecies (Unterarten) mit Initialen, aber ohne Nummern. Die *Varietäten* in Cursivschrift mit griechischen Buchstaben, die *Subvarietäten* in derselben, aber mit römischen Buchstaben.

Um eine der hier genannten Species in der Uebersicht oder im Texte aufzufinden, schlage man das Register nach; die Varietäten und Subvarietäten folgen im Texte den betreffenden Species.

Die Autoren sind vermittelst nachstehender Abkürzungen angeführt:

Del. et Bouch.	bedeutet das unter 11 am Schlusse genannte Werk.						
How.	„	„	„	2	„	„	„
How. Congr. oder Cgr.	„	„	„	10	„	„	„
Karst. Col.	„	„	„	6	„	„	„
Karst. Med.	„	„	„	5	„	„	„
Markh.	„	„	„	4	„	„	„
Planch.	„	„	„	8	„	„	„
R. et P.	„	„	„	3	„	„	„
Wedd.	„	„	„	1	„	„	„

CINCHONA.

I. — STIRPS CINCHONÆ OFFICINALIS.

Ramus A. — *Euofficinales.*

1) C. **OFFICINALIS** Linn. *Syst. veg.* ed. X, 929; Hook fil. in *Bot. Mag.* (1863) No. 5364; How. *Congr.* 201. — C. Condaminea α vera Wedd. 37, excl. syn. C. stup.

α. *Uritusinga* How. Congr. — C. Uritusinga Pav., How. cum icone. — C. macrocalyx δ Uritusinga DC. *Prodr.* IV, 353. — C. academica Guibourt, *Drogues*, éd. III (1850) 99. — C. lancifolia, var. ι, Mutis, in Markh. 25. — Quinquina La Condamine (1738.)

β. *Condaminea* How. Congr. 202. — C. Condaminea Humb. et Bonpl., *Pl. équin.* t. X, pro p. (specim. fruct.). — C. Chahuarguera Pav. in How. — C. Condaminea, var. Chahuarguera DC. l. c., 352. — C. lancifolia, var. μ Mutis, Markh. 26.

γ. *Bonplandiana* How. Congr. 203.

    a. *colorata* How. l. c. — C. Chahuarguera, var. Pav. in How. c. icon.

    b. *lutea* How. Congr. 203.

    c. *angustifolia* How. in litt. — C. officinalis, var. lanceolata Broughton, mscr.

C. CRISPA Tafalla, in How. c. icon. — C. officinalis δ crispa, How. Congr. — C. violacea, Pav. l. c.? — C. lancifolia, var. ε Mutis, Markh. 26.

Ramus B. — Macrocalycinae.

2) C. **MACROCALYX** Pav. ap. DC. Bibl. univers. 1829. II. 151; *Prodr.* IV. 353; How. c. icon. — C. Condaminea β Candollii Wedd. 27. t. 4 *bis*, A; Planch. 77.

C. PALTON Pav., in How. c. icon.; Planch. 78.

C. SUBEROSA Pav., in How., Planch. 136.

C. COCCINEA Pav., in How., c. icon.; Planch. 81.

C. HETEROPHYLLA Pav., in How. c. icon.; Planch. 136.

3) C. **LUCUMÆFOLIA** Pav., in How. c. icon.; Planch. 91. — C. macrocalyx γ lucumæfolia DC., *Prodr.* IV. 353. C. Condaminea γ lucumæfolia Wedd. 38, t. 4 *bis*, B. — C. lancifolia var. η Mutis, Markh. 24.

    β. *stupea.* — C. stupea Pav. in How. c. icon.

4) C. **LANCEOLATA** R. et P. II. 51; III. 1, tab. 223. How. c. icon.; Planch. 93. — C. lancifolia β lanceolata, DC. l. c.

Ramus C. — Lancifoliae.

5) C. **LANCIFOLIA** Mutis, in *Periodico de Santa Fe* (1793), 465; et in Markh. 18, exclus. var.; Humb. in *Mag. d. Ges. Naturf. Fr. Berl.* (1807) 116; DC. l. c. 352; Planch. 94; Karst. *Columb.* fasc. 1, t. 11 et in Markh. 52. c. icon.; How. Congr. 218. — C. Condaminea δ lancifolia Wedd. 38, t. 5. — C. angustifolia R. et P. *Suppl.*, p. 14.

    α. *vera* How. Congr. 220.

    β. *rubra* — C. lancifolia „Red variety" How., passim. — „Quinq. rouge de Mutis" Del. et Bouch. 36, non Mutis nec alior.

    γ. *obtusata* Karst. *Med.* 36; How. l. c.

    δ. *Calisaya.*

    ε. *discolor* Karst. *Col.* 22, t. 12.

C. FORBESIANA How. Congr. 199; How. *Quinol. of East Ind. plantations* 37.

6) C. **AMYGDALIFOLIA** Wedd. 45, t. 6; Planch. 106.

II. — STIRPS CINCHONÆ RUGOSÆ.

Ramus A. — Eurugosæ.

7) C. **PITAYENSIS** Wedd. *Ann. des sc. nat.* XI (1849) 269; Planch. 101; How. 216. — C. Condaminea, var. pitayensis Wedd. 38.

α. *colorata.*

β. *Trianæ.* — C. Trianæ Karst. Col. fasc. 2, p. 45; Markh. 50, c. icon.

γ. *pallida.*

δ. *almaguerensis* Rampon in Planch. 103; How. l. c. 218.

C. CORYMBOSA Karst. Col. fasc. 1, 19, t. 10; Markh. c. icon.

8) C. **RUGOSA** Pav., iu How. c. icon. — C. Mutisii, var. rugosa, Planch. 133.

β. *crispa.* — C. Mutisii, var. crispa Wedd. tab. 22, A; Planch. 132. — C. parabolica Pav., in How. c. icon. — C. quercifolia β crispa Pav., mscr. ex Lambert.

9) C. **MUTISII** Lambert, *Illustr. gen. Cinch.*, p. 6, excl. syn. *Fl. Peruv.*; Wedd. 69 (excl. var. β) t. 22, B. — C. microphylla Mutis, mscr., secund. Zea, fide Lamb. l. c.; Pav., in How., c. icon. — C. quercifolia **Pav.**, mscr., in hb. Lamb.

10) C. **HIRSUTA** R. et P. III. 51, t. 192; Lamb. l. c., 10; Wedd. 70, t. 21, B; How. l. c.; Planch. 134. — C. cordifolia β Rhode, *Monogr.* 59. — C. pubescens γ hirsuta, DC. *Prodr.* 353.

Ramus B. — *Pahudianæ.*

11) C. **CARABAYENSIS** Wedd., *Ann. sc. nat.*, X (1848) 9; Wedd. 67, t. 19.
12) C. **PAHUDIANA** How. c. icon.; Planch. 127.
13) C. **ASPERIFOLIA** Wedd., *Ann. sc. nat.*, l. c. 7; Wedd. 66, t. 20.
14) C. **UMBELLULIFERA** Pav., How. c. icon.; Planch. 127.
15) C. **GLANDULIFERA** R. et P. III, t. 224; DC. l. c. 354; Wedd. 65, t. 21, A. How. c. icon.
16) C. **HUMBOLDTIANA** Lamb. *Illustr. gen. Cinch.* 7, non Rœm. et Schult.; Wedd. 67, t. 10, B.; Planch. 125. — C. villosa Pav.. mscr.; Lindley *Fl. med.* 422; How. c. icon.

β. *conglomerata* Pav. in How. c. icon.; Planch. 126.

III. — STIRPS CINCHONÆ MICRANTHÆ.

Ramus A. — *Scrobiculatæ.*

17) C. **AUSTRALIS** Wedd. *Ann. sc. nat.*, l. c. 7; Wedd. 48, t. 8; Planch. 114.
18) C. **SCROBICULATA** Humb. et Bonpl. *Pl. équin.* 165, t. 47; DC. l. c. 352; Wedd. 42; Planch. 104.

β. *Delondriana* Wedd., t. 7; C. Delondriana ejusd., in *Ann. sc. nat.*, l. c. 7.

19) C. **PERUVIANA** How. c. icon.; Planch. 109. — C. Peruviana α vera How. Congr. 205.
20) C. **NITIDA** R. et P. II. 50, t. 10, A; How., c. icon.; Planch. 106. — C. lancifolia α nitida DC. — C. peruviana β nitida How. Cgr. 205.

Ramus B. — *Eumicranthæ.*

20) C. **MICRANTHA** R. et P. l. c. t. 194; DC. l. c. 354; Wedd. 52; How. c. icon.;
   Planch. 111.
      α. Huanuccnsis. C. micrantha R. et P.; C. Peruviana γ micrantha How., Cgr. 208.
        a. *albiflora* Pöppig.
        b. *roseiflora* Pöpp.
      β. Reicheliana How. c. icon.
      γ. affinis. — C. affinis Wedd. *Ann. sc. nat.* l. c. 8. — C. micrantha β oblongi-
   folia Wedd. 52, t. 15. — C. micrantha How. l. c.
      δ. calisayoides.
      ε. rotundifolia. — C. micrantha α rotundifolia Wedd. 14; How.

IV. — STIRPS CINCHONÆ CALISAYÆ.

22) C. **CALISAYA** Wedd. *Ann. sc. nat.* l. c. 6; Wedd. 30; Planch. 71.
      α. vera Wedd. 71.
        a. *glabra.*
        b. *pubera.*
      β. microcarpa.
      γ. boliviana. — C. Boliviana Wedd. *Ann. sc. nat.* l. c. 7; Wedd. 50, t. 9, A.
   C. Calisaya var. morada Planch. 75.
        a. *glabra.*
        b. *pubescens.*
      δ. oblongifolia.
      ε. pallida.
     C. JOSEPHIANA. — C. Calisaya β Josephiana Wedd. 31; Planch. 74.
        a. *glabra* (Wedd., t. 3 *bis*, B).
        b. *pubescens.*
        c. *discolor.* — C. Boliviana Wedd. pro parte t. 9, B.
23) C. **ELLIPTICA** nov. spec.

V. — STIRPS CINCHONÆ OVATÆ.

Ramus A. — *Succirubræ.*

24) C. **PURPUREA** R. et P. II, 52, t. 193; Lamb. *Illustr. gen. Cinch.* 6; DC.
   Prodr. IV, 343; How. c. icon.; ejusd. Congr. 212. — C. pubescens β purpurea Wedd. 54. — C. cordifolia, var. α Mutis, Markh. 29, excl. syn.
25) C. **RUFINERVIS** Wedd. in *Ann. sc. nat.*, X (1848) 8; Wedd. 12. — C. ovata
   β rufinervis Wedd. 60; Planch. 119.
26) C. **SUCCIRUBRA** Pav., mscr.; Klotzsch, *Abhandl. d. Berl. Akad.* 1858. 60;
   How. c. icon.; in Congr. 214; Planch. 122. — C. cordifolia var. ε Mutis,
   in Markh. 31 (monente cl. How. in adnot).

C. ERYTHRODERMA. — C. ovata γ erythroderma, Wedd.

C. ROSULENTA How., in litt. — C. cordifolia, var. β Mutis, in Markh., teste Triana.
— „Quinquina Carthagène rosé“ Del. et Bouch. 37. — „Quinquina à quinidine“ Rampon, in Planch. 99.

C. ERYTHRANTHA Pav., How. c. icon.; Planch. 90.

Ramus B. — Euovatæ.

27. C. **OVATA** R. et P. II, 52, t. 195; Wedd. 60; How. c. icon.; Planch. 119.
— C. pubescens Lamb. 1. c. 6. — C. pallescens Ruiz, ap. Vitm., ex DC.
Prodr. 353; How. Cgr. 218. — C. pubescens β ovata DC. — Casc. palido
Ruiz, *Quinol.* 74. — C. rubicunda Tafalla?

α. *genuina*. — C. pallescens β ovata How. Congr.

β. *vulgaris*. — C. ovata α Wedd. 1. 11; Planch. 119.

γ. *pallescens*. — C. pallescens α vera How.

C. PALALBA Pav. mscr. ex DC. in *Bibl. univ.* 1. c.; Prodr. IV, 355; Wedd. 71;
How. c. icon. — C. cordifolia var. δ Mutis, in Markh. 30.

Ramus C. — Cordifoliæ.

28) C. **CORDIFOLIA** Mutis, mscr. ex Humb., *Mag. d. Ges. Naturf. Fr. Berl.* (1807)
117; in Markh. 27; Lamb. *Illustr.* 4; Karst. *Col.* fasc. 15, t. 8; et in
Markh. c. icon.; How. *Congr.* 214.

C. LUTEA Pav. in How. c. icon. — C. cordifolia Planch. 128.

C. PLATYPHYLLA. — C. *cordifolia* Wedd. t. 17, excl. syn. et var. — C. cordifolia
δ Peruviana Karst. Col. — C. ovata var. cordata How. *Cgr.* 214.

C. SUBCORDATA Pav. in How.; Planch. 130.

C. ROTUNDIFOLIA Pav. in Lamb. 1. c. 5. — C. cordifolia β rotundifolia Wedd. 37;
Planch. 128.

29) C. **TUCUJENSIS** Karst. 1. c. t. 9; Markh. 59, c. icon.

30) C. **PUBESCENS** Vahl, in *Act. Soc. hist. nat. Hafn.* 1, 19, t. 2; Lamb. 1. c. 6;
DC. 1. c. excl. var.; Wedd. 54, excl. Var.; How.

C. PELLETIERIANA Wedd. in *Ann. sc. nat.* 1. c.; How. *Cgr.* 212. — C. pubescens
var. Pelletieriana Wedd. 54, t. 16; Planch. 115.

C. OBOVATA Pav. in How. — C. discolor Klotzsch (teste How.) in Walp. *Repert.* VI, 65.

C. VIRIDIFLORA Pav. in How.

31) C. **PURPURASCENS** Wedd. 59, t. 18.

C. DECURRENTIFOLIA Pav. in How. c. icon.; Planch. 131.

32) C. **CHOMELIANA** Wedd. 64, t. 13.

33) ?C. **BARBACOENSIS** Karst. Col. fasc. 2, 147, t. 28; Markh. 61.

C. Erläuternde Bemerkungen zu der vorstehenden Tabelle.

Die Nummern beziehen sich auf die Species der Tabelle.

1) CINCHONA OFFICINALIS.

Unter diesem Namen hatte L i n n é nach und nach mehrere sehr verschiedene Arten (siehe meine Hist. nat. des Quinq. 40. 41) begriffen; es ist trotzdem ganz in der Ordnung, *) denselben für eine dieser letzteren festzuhalten.

Die Stellung der C. officinalis in der Tabelle entspricht der C. Condaminea vera meiner Hist. nat., sofern C. stupea Pav. ausgeschlossen wird, welche ich mit Unrecht nach L a m b e r t **) hierher gezogen hatte.

P l a n c h o n hat, gestützt auf seine Forschungen im Boissier'schen Herbarium zu Genf, eine andere Anordnung der Formen von C. officinalis vorgeschlagen; ***) aus mehr praktischen Gründen habe ich aber schliesslich die H o w a r d'sche Ansicht vorgezogen.

C. officinalis α) Uritusinga. Der von C o n d a m i n e schon 1738 beschriebene Fieberrindenbaum, †) welcher in der frühesten Zeit des Rindenhandels die Loxa – China lieferte, namentlich die Quina oder Cascarilla fina der Spanier, original Loxa oder Crown bark der Engländer. — Der Uritusinga-Baum war damals hochstämmig, wurde aber schon zu C o n d a m i n e's Zeit seltener mehr so getroffen und ist gegenwärtig, nach H o w a r d (Congr. 202), in seiner Heimat nahezu ausgestorben. Um so verdienstlicher ist dessen durch H o w a r d vermittelte Uebersiedelung nach Indien, wo er trefflich zu gedeihen scheint. Denn der Gesammtgehalt der Alkaloïde in der Uritusinga-Rinde nähert sich dem der guten Calisaya. — Nachdem erstere vom Markte verschwunden, wurden die nachstehenden Varietäten zum Ersatze herbeigezogen:

C. officinalis β) Condaminea. H u m b o l d t und B o n p l a n d verwechselten diese Form mit der vorigen und vermutheten darin die zuerst, durch C o n d a m i n e, bekannt gewordene Cinchone. G u i b o u r t hält sie für die C. Chahuarguera Pavon, welche sich in der Gegend von Loxa eben so sehr vermehrte, wie die werthvollere Uritusinga abnahm.

---

*) nach meiner Ansicht kaum! *F. A. F.*

**) in dem unter 12 am Schluss genannten Werke pag. 2.

***) p. 80 der unter 8 genannten Schrift nachzulesen.

†) vergl. Flückiger, Pharmakogn. 343.

Die Rinde der C. officinalis β) Condaminea, P e r e i r a's Rusty Crown bark, enthält nach H o w a r d 2 bis 3 Procent Alkaloïd, vornämlich Cinchonidin.*) Ist die berühmte Cur der Gräfin C h i n c h o n**) mit dieser Rinde ausgeführt worden, so wäre der Erfolg demnach kaum auf das Chinin zurückzuführen.

C. officinalis γ) Bonplandiana. Die Subvarietäten *colorata* und *lutea* entsprechen den in Loxa als Cascarilla colorada und Casc. amarilla del Rey bezeichneten Rinden, welche H o w a r d (Congr. 203) immer noch ihres alten Rufes würdig findet. Freilich sieht man sie selten mehr im Handel, und zwar bisweilen gemischt, doch sicher auseinander zu halten und vermuthlich die Formen „macho" und „hembra" darstellend.***)

C. CRISPA. Hierher gehört nach H o w a r d der von H u m b o l d t und B o n p l a n d in den Plantes équinoxiales Tab. X. dargestellte blühende Zweig. Durch hübsches Aussehen empfiehlt sich die Rinde dieser Pflanze mehr als die der vorigen; aber ihr Gehalt übersteigt nicht ¹/₂ bis 1 p. C. Cinchonidin und Chinidin, was wohl mit der geringen Entwickelung der Pflanze zusammenhängt, deren Höhe, wie es scheint, zwei Meter nicht übersteigt. Sie steht zu ihrer typischen Species in demselben Verhältnisse wie C. Josephiana zu C. Calisaya. Die C. Josephiana wächst unter ähnlichen Bedingungen und erzeugt eine sehr ähnliche Rinde.

2) CINCHONA MACROCALYX.

Die hierher gehörigen Pflanzen, welche nur untergeordnetes Interesse bieten, gehören der Gegend von Cuenca im mittlern Ecuador an. Ihre Rinden wurden ziemlich allgemein den geringern Sorten von Loxa beigezählt, unterscheiden sich aber durch mehr holzige Beschaffenheit von den feinen Loxa-Rinden und haben deshalb, namentlich die der C. macrocalyx, den Namen gelbe holzige Loxa erhalten. Sie ist ärmer als die Rinde von C. Condaminea und enthält neben wenig Cinchonidin und Spuren von Chinin vorwiegend nur Cinchonin.

C. PALTON. †) Die Rinde dieser Unterart, West-Carthagena bark der Engländer,

---

*) nämlich das Cinchonidin P a s t e u r's, welches in dem am Schlusse unter 11 aufgeführten Werke als Chinin berechnet worden ist und bei andern, z. B. bei O. H e s s e, wie auch im Handel, Chinidin heisst. Die Verwirrung ist vielleicht in therapeutischer Hinsicht so bedenklich nicht, indem die Leistungen des Cinchonidins ebenfalls ganz beachtenswerth sind. Von geringerer Wirkung ist das widrig schmeckende Cinchonin, dessen niedriger Preis aber doch zu Versuchen auffordern sollte. Die Fabrik H o w a r d's in Stratford bei London würde das letztere Alkaloïd zu dem Spottpreise von 12 Francs das Pfund liefern.

**) F l ü c k i g e r, Pharmakogn. 417. — Mit Bezug auf diese Cur äussert schon H u m b o l d t starke Zweifel: Der Gesellschaft Naturforschender Freunde zu Berlin Magazin für die neuesten Entdeckungen in d. Naturk. 1807. 57.

***) Die in Wirklichkeit nicht zutreffende Unterscheidung von „macho" und „hembra" (männlich und weiblich) wird auch bei dimorphen Blüten gemacht, welche bei vielen Cinchonen vorkommen (Hist. nat. des Quinq. 21.) H o w a r d vorzüglich hat häufige Beziehungen zwischen dieser oder jener Anordnung der Geschlechtsorgane und der Färbung, ja sogar des Alkaloïdgehaltes der Rinde nachgewiesen. — Ich habe nicht nöthig, an die interessanten Arbeiten D a r w i n's zu erinnern, welche diesen Dimorphismus von einem allgemeinen Standpuncte aus behandeln.

†) Die hier der C. macrocalyx zugetheilten Subspecies sind erneuter Untersuchung bedürftig; manche dürften eher nur als Varietäten denn als eigentliche Species erkannt werden.

scheint in letzter Zeit im Handel Beachtung gefunden zu haben, obwohl sie nach Howard nur 1,34 pC. Cinchonidin und 0,70 Chinin enthält.

C. SUBEROSA. Die Verwandtschaft dieser Pflanze mit C. macrocalyx ist mir durch Howard nachgewiesen worden, indem er mir die Zeichnung eines Exemplars des Madrider Herbariums vorlegte, welche freilich der C. Palton gleich sieht. Die sehr korkige Rinde erinnert anderseits an die der C. lucumaefolia. — C. suberosa wächst in der Provinz Loxa, im südlichen Ecuador, wo ihre Rinde Cascarilla blanca pata de gallinazo heisst. Es ist sonderbar, dass letztere, nach Reichel und nach Howard, der Calisaya beigemengt sein soll.

C. OBTUSIFOLIA. Führt im Lande den abschätzigen Namen Cascarilla crespilla negra mala, obwohl die Rinde, nach Howard, ziemlich gut aussieht und von Zeit zu Zeit im Handel erscheint. Sie besitzt, vermuthlich der reichlich vorhandenen Chinovasäure wegen, einen widrigen Geschmack.

C. COCCINEA. Durch aussergewöhnlich grosse Blüten ausgezeichnet. In ihrer Heimat Casc. serrana acanelada, Quinquina jaune Guayaquil von Delondre und Bouchardat, welche aus der Rinde 3 pC. Cinchoninsulfat und 0,3 bis 0,4 pC. Chininsulfat erhielten. *) Nach einer mir gefälligst durch Howard mitgetheilten Bemerkung von Spruce ist diese Rinde die wahre Pata de gallinazo der Anden von Quito, wo der letztere Botaniker sie ebenso gut traf wie in den Thälern Pallatarga und Alausi. Spruce konnte sie an den Blättern allein nicht von der werthlosen Cuchicara (C. erythrantha?) unterscheiden. Beide sind durch starke Blattnerven, doldentraubigen Blütenstand, dunkel scharlachrothe oder ziegelrothe, nicht rosenfarbene Blüten auffallend. *Pata de gallinazo*, wörtlich Geiergriff, bezieht sich **) auf das eigenthümliche Aussehen des Bruches der Rinde. Spruce legt hier diese Bezeichnung der Rinde von C. coccinea bei. Bereits aber fanden wir die Rinde von C. suberosa ebenfalls unter dem gleichen Namen. Derselbe wird ferner auch gebraucht bei C. subcordata Pavon, [14]) bei einer Form der C. ovata R. et P. (nach How. Illustr. sub voc.), bei C. Peruviana (How. Congr. 205), bei C. micrantha. [15])

C. HETEROPHYLLA. Ziemlich der C. coccinea ähnlich; die Rinde, Quina negra oder negrilla geheissen, nur ungefähr $1\frac{1}{2}$ pC. Cinchonin und Chinidin liefernd.

3) CINCHONA LUCUMAEFOLIA und β) *stupea*.

Nach den Berichten von Don T. F. Riofrio in Loxa selbst an Howard führen dort sowohl diese Form als die typische C. lucumaefolia und C. lanceolata den Namen Hoja de lucma, obwohl eigentlich weder die Bäume selbst noch ihre Rinden zu verwechseln sind. Höchstens die jungen Rinden von C. lanceolata und C. stupea sehen sich sehr ähnlich. Die Rinde aller drei Bäume ist sehr langfaserig; daher der Speciesname stupea, spanisch estoposa, von stupa die Hede.

---

*) in dem unter 11 genannten Werke.
**) nach mündlichen Erläuterungen Spruce's. — Nach Markham (Blue book 1863. 120) hätte vielmehr die Bedeckung der Rinde mit Flechten zu der Vergleichung mit Geiersgriffen geführt. *F. A F.*

4) CINCHONA LANCEOLATA.

Die Rinde dieser Art sieht der Calisayarinde sehr ähnlich; R u i z hatte auch eine Zeit lang letztere der C. lanceolata zugeschrieben.

Die Rinde des Handels, welche H o w a r d nach der P a v o n'schen Beschreibung von C. lanceolata ableiten zu dürfen glaubt, hat mit der Calisaya zwei Züge gemein. Erstens die Neigung zum Abwerfen der äussern Rindenschichten; die alsdann zu Tage tretende Bastschicht zeigt die unregelmässigen flachmuscheligen Vertiefungen, welche im Lande selbst als Conchas (Muscheln) bezeichnet werden. Zweitens die Leichtigkeit, mit welcher die spitzigen Baströhren sich von der Rinde ablösen und bei jeder Berührung in die Haut eindringen. Auch die Korkschicht der röhrenförmigen Rinden der C. lanceolata würde sie leicht für gerollte Calisaya gehen lassen, wenn sie dieser Handelssorte beigemengt wäre. Aber durch ihre Mittelrinde sowohl als durch ihre im ganzen faserige Beschaffenheit nähert sich die Rinde der C. lanceolata doch mehr derjenigen von C. lancifolia. Die erstere lieferte 1,17 pC. Chinin und 0,05 Cinchonin.

5) CINCHONA LANCIFOLIA.

Die Varietäten dieser Species gebe ich theils nach H o w a r d, theils nach K a r s t e n, welcher besser als irgend ein anderer Zeitgenosse im Stande war, sie in ihrer Heimat zu verfolgen. Dennoch sind dieselben keineswegs mit aller wünschbaren Schärfe auseinander zu halten, selbst nicht mit Hülfe der Arbeiten des gelehrten Berliner Botanikers. Diese Bemerkung bezieht sich hauptsächlich auf die im Handel unter dem Namen Calisaya von Santa Fé vorkommende Rinde und auf die rothe Sorte der Rinde von C. lancifolia. K a r s t e n *) wirft frühern Beobachtern und auch mir vor, die Blattgrübchen auf der Unterseite der C. lancifolia übersehen zu haben. Wenn nun neuerdings P l a n c h o n hier gleichfalls oft Blattgrübchen getroffen hat, **) so folgt daraus keineswegs, dass überhaupt „diese Grübchen schon ein äusseres Zeichen des gesetzmässig bedeutenderen Alkaloïdgehalts der Rinde sind" wie K a r s t e n *) lehrt.

Derselbe erhielt an Ort und Stelle von den Rinden der C. lancifolia bald kein, bald 2 bis 4¹/₂ pC. Chininsulfat und berichtete eingehend über diese Ungleichheiten. Auch nach R a m p o n ***) bieten die Rinden dieser Species sehr grosse Schwankungen im Aussehen und Gehalte (1 bis 3¹/₂ pC. Chinin) dar, je nach den äussern Lebensbedingungen des Baumes. Es versteht sich, dass sich diese Schwankungen auch auf das Cinchonin und besonders auf das Chinidin erstrecken.

C. lancifolia vera. Diese typische Form, im Lande selbst unter den besondern Namen Quina tunita oder naranjada (rothgelbe) unterschieden, liefert die Caqueta-Rinde des englischen Handels, „Carthagène spongieux", „Quinquina orangé de Mutis" oder „jaune-

---

*) Med. Chinarinden N. Granadas 26. — Regelmässig nur sehr geringhaltige Rinden liefern die mit Blattgrübchen versehenen Arten C. pubescens und C. scrobiculata; der C. succirubra fehlen umgekehrt die Grübchen, aber ihre Rinde ist eine der an Alkaloïd reichern. *F. A. F.*

**) Des Quinquinas 94.

***) Bei P l a n c h o n p. 95. — Vergl. weiter F l ü c k i g e r, Pharmakognosie 404.

orangé" der französischen Schriften, „China flava fibrosa" der Deutschen. Die Rinde liefert durchschnittlich 1½ pC. Chinin und Spuren der übrigen Alkaloïde.

C. lancifolia rubra. Unter diesem Namen verstehe ich die nicht näher gekannte Stammpflanze der rothen Carthagena-China, welche vornämlich Cinchonidin liefert. Diese Cinchona und die vorige wachsen in Columbia und stellen möglicherweise die Formen „macho" und „hembra" (siehe pag. 17) der C. lancifolia dar.

Die rothe Carthagena-Rinde ist von Delondre und Bouchardat *) gut abgebildet und für die „Quina roja" oder „roxa" von Mutis erklärt worden. Wir können aber heute auf des letztern Schrift gestützt nachweisen, dass seine rothe (roja) China gar keine echte Fieberrinde ist, sondern von *Buena* (Cascarilla) *magnifolia* Wedd. **) stammt und kein Alkaloïd enthält. Dennoch ist sie immer noch unter dem Namen „China nova" ***) im Handel zu finden.

Howard hat in der rothen Carthagena-Rinde 1,47 Chinidin und 1,47 Cinchonin, aber kein Chinin gefunden; er war anfangs geneigt, sie der nachfolgenden Varietät obtusata zuzuschreiben, äusserte jedoch kürzlich, dass die Stammpflanze wohl noch nicht bestimmt zu sein scheine. In der Rinde der Var. obtusata hat Karsten †) Chinin, aber höchstens 1 pC. gefunden.

C. lancifolia obtusata unterscheidet sich von der sonst ähnlichen C. lucumaefolia durch Anwesenheit von Blattgrübchen. Die Rinde der obtusata sieht wie die der typischen aus, bricht aber weit langfaseriger; sie stellt daher eine geringe China flava fibrosa vor.

C. lancifolia Calisaya. Karsten (Med. Chinarinden Neu-Granadas 54 u. a.) leitet die von den Händlern Neu-Granadas mit dem Namen Calisaya von Santa Fé bezeichnete Rinde von einer Varietät der C. lancifolia ab, über welche er nicht nähere Aufschlüsse gibt. Howard hatte über die Stammpflanze Vermuthungen geäussert, ††) welche er heute nicht mehr aufrecht erhält; ich zog deshalb für dieselbe den Namen ihrer Rinde vor, welche eine so ausgezeichnete und von jeher gekannte Droge bildet. Nach den dürftigen Berichten, welche darüber vorliegen, ††) soll sich der Baum nur durch etwas kleinere Blätter von der Hauptart unterscheiden; er wächst in der südcolumbischen Provinz Popayan.

Die Calisaya-Rinde von Santa Fé ist so auffallend mürbe, dass sie in kleinen Bruchstücken oder beinahe pulverig in den Handel zu gelangen pflegt. Sie ist reich an Chinin; Delondre und Bouchardat gewannen daraus 3 bis 3,2 pC. Chininsulfat und 0,3 bis 0,4 Cinchoninsulfat. Howard fand, wie er mir gütigst mittheilt, 2,46 Chinin, 0,31 Chinidin, 0,18 Cinchonin, also weniger als bei der echten (bolivianischen) Calisaya.

C. lancifolia discolor. Nach Howard's Vermuthung die Stammpflanze der weichen Columbia-Rinde (soft Columbian bark) der Engländer, welche gegenwärtig sehr viel zum

---

*) Taf. 15 des unter 11 am Schlusse angef. Werkes.

**) Syn.: Cinchona magnifolia R. et P., C. oblongifolia Mutis (in Markh. 31), Ladenbergia Klotzsch.

***) doch scheint nicht alle „China nova" obigem Baume zugeschrieben werden zu dürfen. Siehe Rampon in Bouchardat, Annuaire de thérapeutique etc. 1866. 165. *F. A. F.*

†) Med. Chinarind. N. G. 37.

††) How. Congr. 219. — Markh. 44.

Fabrikbetriebe dient. K a r s t e n *) hat im Walde der Ortschaft Tablon, nördlich von Pasto in Südcolumbien, ein Dutzend Analysen der Rinden von C. lancifolia var. discolor ausgeführt, welche bald kein Alkaloïd, bald bis 1 pC. Chinin ergaben. Aehnliche Thatsachen kehren unten bei C. corymbosa wieder und verbieten demnach, chemische Rücksichten bei der Eintheilung der Cinchonen zu verwerthen. Dagegen sind sie als Merkmal untergeordneter Gliederung bei den Rinden nützlich, indem hier oft gewisse Eigenthümlichkeiten des Baues und der Farbe von Aenderungen im chemischen Gehalte begleitet sind.

C. **FORBESIANA.** H o w a r d charakterisirt diese Subspecies brieflich wie folgt: foliis lanceolatis (ut plurim. 27 centim. long., 10 centim. lat.) acutis subcoriaceis concoloribus utriusque glabris, subtus in axillis costarum scrobiculatis, stipulis lanceolatis acutis, floribus parvis albidis. — Sie wächst nach D a v i d F o r b e s am Flusse Mapiri in der peruanischen Provinz Larecaja **) in 300 bis 1200 Meter Meereshöhe. Von dem genannten Reisenden 1864 aus Bolivia gesandte Samen gingen im Garten von Kew sofort auf. Die Pflanzen wurden später wenige Centimeter hoch nach Howard's Gewächshäusern gebracht, wo sie in 2 Jahren unter reichlicher Verzweigung 2 Meter erreichten. M a c I v o r, der Verwalter der Regierungspflanzungen auf der Malabarküste, eben auf Besuch in England, nahm Ableger dieser Pflanzen mit, um sie in Indien zu vermehren.

H o w a r d gibt an, C. Forbesiana stimme in den Blättern mit C. lancifolia, in Betreff der Blüten mit C. micrantha überein; letztere jedoch gingen bei ihm nicht auf. Hiernach mag dahingestellt bleiben, ob diese Subspecies in meiner Tabelle richtig untergebracht worden ist.

6) CINCHONA AMYGDALIFOLIA.

Meiner Diagnose dieser Art habe ich nichts beizufügen. Ihre Rinde, welche man nur selten andern beigemischt findet, steht in Hinsicht ihres Baues der Rinde von C. scrobiculata am nächsten; [16] Howard fand in Röhren der erstern 0,70 pC. Chinidin und Spuren von Cinchonin. Flache Rinde lieferte demselben nahezu $^1/_4$ pC. Chinin und eben soviel Cinchonin. In einer andern Probe fand H o w a r d ausschliesslich nur Chinidin.

7) CINCHONA PITAYENSIS.

Var. α) colorata. Arbor grandis, foliis lanceolatis, subacuminatis, apice et basi acutissimis, coriaceis, utrinque viridibus glaberrimisque, in axillis costularum saepius scrobiculatis; dentibus calycinis lineari-lanceolatis; corollae tubo intus piloso; capsula (2 ad 2$^1/_2$ centim. longa) oblongo-elliptica. — In Höhen von 2000 bis 2500 Meter, hauptsächlich bei Pitayo am Vulkan Purace, nordöstlich von Papayan, in der südcolumbischen Provinz Cauca, wo die Pflanze Quina roja de Pitayo heisst.

In meiner Hist. nat. des Quinq. 42 konnte ich, auf die damals so unvollständigen Nachrichten beschränkt, nur erst vermuthen, dass dieser Baum eine eigene Art darstelle. Die heute vorliegenden zahlreichen Thatsachen vervollständigen ihre Geschichte und weisen der C. pitayensis ihre Stelle in der Formenreihe der Cinchonen an.

---

*) Med. Chinarind. N. Granadas 17.

**) nordöstlich vom Titicaca-See.

In der Hist. nat. hatte ich zuerst auf die Haare aufmerksam gemacht, welche theilweise die Innenwand der Blumenkronenröhre gewisser Cinchonen bekleiden, und bedauert, dass die geringe Zahl der betreffenden Arten nicht erlaubt, diese Behaarung bei der Eintheilung des Genus herbeizuziehen. Seitdem ist dieser Haarbesatz durch Karsten bei den von ihm aufgestellten Arten C. Trianae und C. corymbosa bemerkt worden und ich fand ihn auch in C. pitayensis, welcher ich jene beiden Formen unterordne. Diese Wahrnehmungen zeigten mir sofort die wahren Beziehungen der letztern Art und rechtfertigen ihre Trennung von C. officinalis.

Wäre der Bezirk von Pitayo zuerst ausgebeutet worden, so wäre C. pitayensis, meint Howard (Congr. 216), wegen ihrer Häufigkeit, ihrer medicinischen Leistung und wegen ihrer zahlreichen Varietäten als „Mutterpflanze" aller Cinchonen betrachtet worden. Auch Rampon, der als französischer Consul in Neu Granada interessante Berichte über diese Chinaregion zu liefern vermochte, widmete der Pitayo-Rinde besondere Aufmerksamkeit und berichtet,*) dass es davon eine gelbe und eine rothbraune Sorte gebe, letztere bisweilen mit nicht weniger als 4¹/₂ pC. Alkaloïd und alsdann höher bezahlt als Calisaya. Der Baum sei aber in dieser Gegend nahezu ausgerottet. Cross, welcher 1864 die Cinchona pitayensis zum Zwecke der Uebersiedelung nach Indien holte, sammelte eine Probe ihrer Rinde bei Pitayo in einer Höhe von 8000 engl. Fuss, woraus Howard (Congr. 217) erhielt: Chininsulfat 5,85 pC., Chinidin und Cinchonidin 4,19, Cinchonin 1,30. — So unerwartet hoch diese Ausbeute erschien, so hat doch de Vrj seither in Wurzelrinde von C. succirubra aus Ootacamund nicht weniger als 12 pC. Alkaloïd (nicht Sulfat!) getroffen, **) die höchste bisherige Ausbeute an Chinabasen.

C. pitayensis β) Trianae. Howard hält diese Form für die Stammpflanze der Quina amarilla oder anaranjada de Pitayo. Karsten traf sie in den Wäldern am Vulkan Purace in 2200 Meter Höhe; die Rinde wurde früher unter dem Namen Pitayo ausgeführt und hoch geschätzt, ist aber jetzt sehr selten geworden, wenn nicht nahezu ausgegangen. Unter dem Namen Pitayo wird jetzt aus derselben Gegend die Rinde einer kleinblätterigen Form der C. lancifolia gesammelt. ***)

Von den oben erwähnten beiden Sorten der Pitayo-Rinde abgesehen, erwähnt Cross†) noch einer weniger geschätzten „Quina blanca de Pitayo", deren mir nicht näher bekannte Stammpflanze ich in der Tabelle als *Varietät γ) pallida* aufgenommen habe, da die Rinde blassgelb aussieht.

C. pitayensis almaguerensis. Bei Almaguer und Pasto, südsüdöstlich von Popayan, traf Rampon eine Rinde, welche mit der Pitayo übereinkommt, aber statt des Chinins reichlich Cinchonin enthält. Howard (Congr. 218) bestätigt, dass diese sehr geringe Sorte die gute Pitayo verdrängt habe; die ersten Exemplare der Stammpflanze, welche als „Quina de Pongo" 1855 durch Engler nach Paris gelangten, tragen dunkelgrüne Blätter mit rothen Rippen.

---

*) p. 101 in dem unter 8 angeführten Werke.

**) Journ. de Pharm. IX (1869) 27.

***) Karsten, Flor. Columb. I. fol. 45.

†) im englischen Blaubuche (East India, Chinchona Plant) 1866. 264 und 269.

Die Aufstellung dieser Varietät gründet sich, wie man sieht, auf die Besonderheit der Rinde, was auch bei noch andern Gliedern meiner Tabelle der Fall ist. Dieses Verfahren erscheint gerechtfertigt,*) wenn man die wichtige Rolle der Rinde während des ganzen Entwickelungsganges der Pflanze bedenkt, wenn man das verschiedene Aussehen beachtet hat, welches die Rinde selbst anzunehmen vermag. Berücksichtigt man schliesslich auch die ganz besondere Aufmerksamkeit, welche die Pharmakognosten den Rinden schenken, so wird man dieselben bei Aufstellung der Rangordnungen eben so gut beachten, wie etwa die Blätter. Oft gehen ja auch chemische Eigenthümlichkeiten neben physiognomischen her.

Das angedeutete Verfahren wird ja übrigens häufig genug angewandt; es genügt, z. B. an *Ulmus suberosa* Ehrh. zu erinnern, welche in ähnlicher Weise als besondere Varietät der U. campestris aufgeführt wird.

C. CORYMBOSA. Dieser stattliche Baum erreicht bisweilen 30 Meter Höhe bei 1 M. Durchmesser und tritt oft massenhaft auf an den westlichen Abhängen der Vulkane Cumbal und Chiles an der Grenze von Ecuador. Der Entdecker des Baumes, Karsten,**) fand in dessen Rinde, je nach dem Standorte, bald kein Chinin, bald $^3/_4$ bis $2^1/_2$ pC. Sie wurde nach Howard (Congr. 220) seit Karsten's Forschungen in einiger Menge ausgeführt, aber ohne einen lohnenden Preis zu erzielen. Nach Briefen Howard's ist Triana geneigt, die C. corymbosa als Form der C. pitayensis zu betrachten, mit welcher sie mir allerdings in mehrern Stücken übereinzustimmen scheint.

8) CINCHONA RUGOSA und *Var. crispa.*

Nur die werthlose Rinde der Var. crispa ist bekannt***) und auffallend durch faserige, längsbrüchige Beschaffenheit. Sie lieferte Howard 0,70 pC. Alkaloïd, hauptsächlich Chinidin.

9) CINCHONA MUTISII.

In der Rinde dieser Art traf Howard nur Aricin und zwar blos 0,23 pC.†) Sie gibt demgemäss auch nicht die Grahe'sche Reaction,††) welche noch bei der vorigen Rinde eintritt.

Gleichwohl gelangt die Rinde der C. Mutisii zuweilen unvermischt in den Handel und wird als eine Art „Crown bark" genommen, wozu wohl der Umstand beiträgt, dass sie feiner faserig ist, als die vorige.

10) CINCHONA HIRSUTA.

Die in frühern Zeiten sehr empfohlene Rinde dieser Species ist allem Anscheine nach fast aus dem Handel verschwunden. Ob dies nur an der wegen ihrer allzu geringen

---

*) nicht so in meinen Augen. *F. A. F.*

**) Med. Chinarinden N. Gr. 20. 39.

***) bei Guibourt, Histoire nat. des drogues simples III (1869) 180 als „Quinquina payama de Loxa", von Howard unter dem Namen der C. parabolica ausgegeben.

†) Eine früher im Bulletin de la Société botanique de France II. 150 von mir mitgetheilte Analyse bezieht sich wahrscheinlich auf eine ganz andere Rinde.

††) Wiggers-Canstatt'scher Jahresbericht 1858. 42 oder Flückiger, Pharmakogn. 410.

Dicke (daher die Bezeichnung „Cascarilla delgado") so wenig lohnenden Ausbeute liegt, mag dahingestellt bleiben. Man kennt den Gehalt dieser Rinde noch nicht; sie gibt aber, nach Howard, die Grahe'sche Reaction und dürfte daher besser sein, als ihr Aussehen und die dicken, mitunter von oben mit kahnförmig gebogenen Klappen aufspringenden Kapseln der Stammpflanze voraussetzen lassen.

11) CINCHONA CARABAYENSIS.

Die hier der Gruppe „Pahudianae" neben den „Eurugosae" angewiesene Stellung ist nicht allzu fest begründet und es ist leicht möglich, dass dereinst die Species der erstern, wozu ich auch C. carabayensis rechne, anders untergebracht werden.

In meiner Hist. nat. konnte ich nur die Früchte der C. carabayensis beschreiben. Seither verdanke ich Hooker's Gefälligkeit auch die Blüten, welche jedoch kein besonderes Merkmal darbieten. Nach Markham, welcher sie mitgebracht hat, ist die Blumenkrone lebhaft rosenroth.

Was diese Species am meisten auszeichnet, ist ihr Wuchs, ihr mehr doldentraubiger als rispiger Blütenstand, die Grösse ihrer Kapseln und Samen, die am Grunde häufig gerundeten oder herzförmigen und am Rande oft umgerollten Blätter.

12) CINCHONA PAHUDIANA.

Samen dieser Species waren 1854 durch Hasskarl aus Uchubamba im mittlern Peru nach Java gebracht worden. Howard gab *) eine genauere Beschreibung und Abbildung der dort erzogenen Pflanze und legte ihr den Namen des um die Chinakultur verdienten holländischen Gouverneurs Pahud bei, äusserte aber von vornherein um so nachdrücklichere Bedenken gegen den Handelswerth ihrer Rinde, als die Pflanze auf Java ganz unverhältnissmässig vermehrt worden war. **) Die Pahudiana wird von Miquel [17] und Hasskarl ***) zu C. carabayensis gezogen; ich denke aber ihre Selbständigkeit verdient aufrecht erhalten zu werden. Die Rinde stellt sich allerdings als eine alkaloïdarme heraus.

13) CINCHONA ASPERIFOLIA.

Wir kennen nicht einmal die Blüten dieser Art.

14) CINCHONA UMBELLULIFERA.

Die Beziehungen dieser Pflanze sind noch etwas zweifelhaft, weisen aber auf diese Gruppe hin. Eine der einheimischen Bezeichnungen ihrer Rinde, Cascarilla provinciana fina, erinnert an C. micrantha, eine zweite, Cascarilla crespilla, kommt ihr auch nicht ausschliesslich zu. Dieselbe ist silberweiss und warzig, sonst aber äusserlich so wenig ausgezeichnet, wie in anatomischer Hinsicht. †)

---

*) in dem unter 2 genannten Werke.

**) Flückiger, Pharmakogn. 421. 425.

***) Flora 1868. 453.

†) vgl. Vogl, in dem unter 16 angef. Werke, 52.

15) CINCHONA GLANDULIFERA.

Diese Species unterscheidet sich von allen verwandten auf den ersten Blick schon durch selbst die zur Zeit der Fruchtreife auffallend gedrängte Rispe. Dazu kommen noch andere Merkmale, so dass man auch besondere Eigenthümlichkeit der Rinde erwarten möchte, worüber wir aber noch nicht aufgeklärt sind. Dass sie im Handel fehlt, dürfte kaum zu ihren Gunsten sprechen; Pöppig's gegentheilige Ansichten scheinen auf Verwechslung zu beruhen. *)

16) CINCHONA HUMBOLDTIANA.

Für diese Art halte ich die in meiner Hist. nat. schon angegebenen Verwandtschaften aufrecht, räume aber ein, dass sie auch dergleichen zu Gliedern der Stammreihe der C. ovata zeigt. Mit Bezug auf ihre behaarten Blätter und filzigen Kapseln heisst sie in in ihrer Heimat Cascarilla peluda (daher auch Cinchona villosa bei Pavon). Ihre Rinde nähert sich in chemischer und anatomischer Hinsicht einigermassen derjenigen der C. pubescens (How. Congr. 210), scheint also zu den allergeringsten zu zählen. Nach Howard gehört die Art eigentlich kaum in das Genus Cinchona und erscheint ihm des grossen Namens unwürdig, den sie trägt. Trotzdem hat die Rinde einen gewissen Ruf erlangt und wird sogar wie eine gute China bezahlt, wohl nur weil ihre Flechtenbekleidung ihr etwas von dem Aussehen einer solchen verleiht. Sie wird in den Bergen von Jaen in Nordperu gesammelt und findet sich unter den in Deutschland als dunkle Jaën (Jaën nigricans) oder Pseudo-Loxa verrufenen Sorten. Howard fand darin 0,2 bis 0,75 Alkaloïd, hauptsächlich nur Aricin.

C. Humboldtiana conglomerata. Nach Planchon's Vorgange ⁸) betrachte ich diese bei Howard ²) abgebildete Cinchone als Varietät der vorigen, mit welcher sie auch zusammen vorkommt. Immerhin unterscheiden sich die Rinden beider Pflanzen einigermassen; die der conglomerata sieht derjenigen von C. officinalis α) Uritusinga nicht unähnlich oder lässt sich besser mit der Loxa-China vergleichen. Heutzutage ist sie selten im Handel; zu Pavon's Zeit war es anders und die Rinde galt damals für eine der rothen Sorten, Cascarilla colorada.

17) CINCHONA AUSTRALIS.

Die botanische Kenntniss dieser Art harrt noch der Vervollständigung. Dass sie den folgenden verwandt ist, dürfte auch durch die Analyse ihrer Rinde Bestätigung finden, welche Howard gefälligst ausgeführt hat. Er fand nämlich 0,74 pC. Alkaloïd, vorzüglich Cinchonidin.

18) CINCHONA SCROBICULATA.

In Deutschland herrscht in Betreff dieser Art und der C. micrantha *Tafalla* noch eine grosse Verwirrung,**) welche, wie ich denke, nicht weiter zurückgeht als auf Lindley's Flora medica (1838). Freilich sehen die Blätter der C. scrobiculata denjenigen einer Varietät von C. micrantha ähnlich; sonst aber weichen beide Pflanzen gänzlich von einander ab.

---

*) Howard fol. 132 des unter 2 angef. Werkes. — Berg p. 11 u. 22 des unter 18 genannten Werkes.

**) Der Krieg verhindert mich, hierüber von dem Verfassser nähere Aufschlüsse zu erhalten. *F. A. F.*

Nach Humboldt und Bonpland bildete diese Art in der ehemaligen nordperuanischen Provinz Loxa grosse Wälder und ihre Rinde wurde über Piura und Callao nach Europa ausgeführt. Es ist demnach anzunehmen, dass dieselbe vormals eine bedeutende Sorte bildete. Guibourt hat seinen „Quinquina de Loxa rouge-marron" in der von mir aus den Wäldern von Cuzco mitgebrachten gerollten Rinde der C. scrobiculata erkannt. Seit langem aber hat ihre Ausfuhr aus Loxa aufgehört und was in letzter Zeit davon versendet worden ist, stammt aus Cuzco in Peru, wie denn auch Delondre und Bouchardat [11]) dieselbe als rothe China von Cuzco abgebildet haben.

Die letztern erhielten aus flachen Rinden (Stammrinden) dieser Sorte 0,40 pC. Chininsulfat und 1,2 pC. Cinchoninsulfat, aus gerollten nur 0,60 bis 0,80 Cinchoninsulfat. Howard aber versicherte mich wiederholt brieflich, dass immer auch bedeutende Mengen Chinidin vorkämen. 1852 wurde in London ein Posten von 30 Suronen dieser Rinde unter dem Namen Calisaya zu etwas mehr als 8 Francs das Pfund verkauft und Howard fand in einer Probe davon 0,44 Chinin, 0,63 Chinidin, 0,86 Cinchonin. — Die gerollte Rinde zeigt einen herben, zugleich aber auffallend säuerlichen Geschmack.

Die in meiner Tabelle aufgeführte Varietät der C. scrobiculata soll nach Pereira eine abweichende Rinde liefern, was ich jedoch in meinen Proben gar nicht bestätigt finde.

19) CINCHONA PERUVIANA.

Die Aufstellung dieser Art ist Howard zu verdanken, welcher sie mit Hülfe des durch Pritchett gesammelten schönen Materials von C. nitida und C. micrantha unterschied, mit denen man sie früher zusammengeworfen hatte. Sie wächst zugleich mit diesen beiden in den Bergen von Cuchero (Cochero), unweit Huanuco im mittlern Peru, und heisst dort seit langem Cascarilla pata de gallinazo (siehe oben pag. 18). Während ich C. peruviana der C. scrobiculata nähere, betrachtet Howard erstere bis zu einem gewissen Grade als Mittelglied zwischen C. nitida und C. micrantha.

C. peruviana liefert gegenwärtig die beste „Graue China"; zugleich aber ist sie der Calisaya zum Verwechseln ähnlich, so dass selbst Howard [2]) kein völlig durchgreifendes äusseres Merkmal zur Unterscheidung angibt. Dagegen fehlt der Rinde der C. peruviana das Chinin und ist ersetzt durch ungefähr 3 pC. Cinchonin und Cinchonidin. Letzteres tritt hier in der von Wittstein *) unterschiedenen Modification („Paltochin") auf, welche nach Howard's neulicher Mittheilung im Laufe der Fabrication aus dem Cinchonidin zu entstehen scheint.

Vor der Entdeckung der Chinabasen (1820) konnten begreiflich die erwähnten Rinden der C. peruviana statt der weit reichhaltigern bolivianischen Calisaya gegeben werden. Jetzt trifft man sie nur noch ausnahmsweise bei den Drogisten. Delondre und Bouchardat, welche sie auf Tafel IV der Quinologie als „Quinquina jaune de Guayaquil" abgebildet, haben daraus 0,6 pC. Chininsulfat und 1,0 Cinchoninsulfat erhalten. Howard [2]) wundert sich, hierbei Chinin aufgeführt zu sehen; möglicherweise war das Cinchonin dafür genommen worden.

---

*) Flückiger, Pharmakogn. 403.

20) CINCHONA NITIDA.

Dieser Baum wächst nach Pritchett[15]) in mässiger Höhe in den Wäldern von Huanuco zugleich mit C. micrantha und C. peruviana. Die Rinden aller drei Arten bilden vorzüglich die graue China des Handels, welche mit Flechten besetzt zu sein pflegt. Hierauf bezieht sich wohl der landesübliche Name dieser Rinde: Quina lustrosa. Sie heisst auch Quina cana, worunter aber auch noch andere gleichfalls mit silberweissen Thallus besetzte Rinden verstanden werden. Diejenige der C. nitida besonders glänzt in der That, wenn man sie befeuchtet; trocken entspricht ihre sehr runzelige Oberfläche, nach Howard, ganz der Uritusinga-Rinde.

Mit gutem Grunde ist die Rinde der C. nitida, zugleich mit andern gleich armen, vom Markte verschwunden; sie enthält kein Chinin, sondern nur 2 pC. Cinchonin.

21) CINCHONA MICRANTHA.

Es ist nicht leicht die verschiedenen hieher gehörigen Formen unterzubringen; zwischen der peruanischen aus Huanuco und der bolivianischen finden namentlich auch chemische Unterschiede statt. Unter dem Eindrucke dieser von ihm ermittelten Thatsache schlug Howard (Congr. 205) vor, den Namen C. micrantha auf die bolivianischen Formen zu beschränken und C. micrantha Tafalla als einfache Varietät zu C. peruviana zu ziehen. Doch will mir scheinen, mein gelehrter Freund sei zu weit gegangen und es sei nicht nöthig, hier mehr Gewicht auf Unterschiede zu legen, die wir schon in ganz ähnlicher Weise bei C. lancifolia getroffen haben.

C. micrantha Huanucensis und *affinis.* Erstere, bei Howard[1]) abgebildet, ist eine der hauptsächlichsten Stammpflanzen der grauen oder Huanuco-Rinden und heisst, nach Pöppig[19]) im Lande selbst Cascarilla provinciana blanquilla. Die Varietät affinis weicht in Betreff der Blätter und der Geschlechtsorgane kaum ab, zeigt aber eine so · eigenthümliche Rinde, dass die Trennung der beiden Pflanzen wohl gerechtfertigt ist. Die Rinde der erstgenannten nämlich enthält ziemlich viel Alkaloïd, vorwiegend Cinchonin, die Varietät affinis. wie die meisten Sorten Bolivias, dagegen hauptsächlich Chinin.

C. micrantha Reicheliana. Nach Howard[2]) dürfte diese sowohl in der Blattform als in der Beschaffenheit der Rinde abweichende Varietät sich vielleicht als „macho"[*]) und somit als blose Subvarietät der Huanucensis herausstellen. Möglicherweise fällt sie auch mit einer der in der Tabelle schon aufgeführten Subvarietäten a und b der Huanucensis zusammen. Die Rinde der Reicheliana ist nach Pöppig[19]) in der Gegend von Huanuco unter dem Namen Casc. provinciana negrilla als beste der grauen Rinden bekannt.

C. micrantha calisayoides. Die Pflanze liegt mir im Augenblicke nicht vor, weshalb ich mich auf das bei Gelegenheit der C Calisaya pallida unten darüber anzubringende beschränke. Howard[2]) möchte sie mit gleichem Rechte als Varietät der C. Calisaya wie der C. micrantha zugetheilt, wenn nicht zu einer neuen Art erhoben sehen, namentlich wenn sich bestätigen sollte, dass von ihr eine besondere Rinde abgeleitet

---

*) siehe oben pag. 17 Note ***.

werden muss, welche in bedeutender Menge aus den an Bolivia anstossenden Bezirken Perus ausgeführt wird. Howard's Probe erklärte Guibourt in der That als Calisaya blanca, obwohl sie C. micrantha bezeichnet war. *) Die fragliche Rinde ist aber auch nach Howard eben so reich an Chinin, wie die echte Calisaya.

C. micrantha rotundifolia. Die auffallend derbe Beschaffenheit, sogar die Gestalt der Blätter dieser Form erinnert an C. succirubra. Auch die Rinde sieht einer rothen China ähnlich und ist ausgezeichnet durch einen ansehnlichen Gehalt an Chinaroth.

Die Rinden der verschiedenen Sorten der C. micrantha stehen also gewissermassen zwischen den rothen und der Calisaya. **)

22) CINCHONA CALISAYA.

Zur Kenntniss dieser von mir 1847 entdeckten Art hat sowohl meine zweite Reise nach Bolivia 1851 Beiträge geliefert, als auch der spätere Aufenthalt anderer Forscher in der Heimat dieser Species. Trotzdem werden vermuthlich noch einige Punkte ihrer Geschichte längere Zeit unerledigt bleiben, sowohl aus innern Gründen als auch weil Berichte der Bolivianer selbst nur dann Zutrauen verdienen, wenn sie von authentischen Belegen begleitet sind. Dieses gilt vorzüglich in Betreff der Namen, indem dieselbe Benennung bisweilen in verschiedenen Strichen sehr wenig verwandten Varietäten oder Arten beigelegt wird und umgekehrt. Wenn übrigens die Cinchonen, wie ich (pag. 313) schon hervorgehoben, im allgemeinen schwierig genau zu charakterisiren sind, so gilt dies besonders von C. Calisaya, welche kein durchaus beständiges Merkmal aufweist. Will man z. B. ihre ganze Tracht berücksichtigen, so findet man neben der hochstämmigen Grundform die strauchartige Subspecies Calisaya Josephiana. Geht man zur Vergleichung der Blätter über, so sieht man ausser dem typischen länglich - eiförmigen gestumpften Umrisse auch spitze länglich-lanzettliche, oder ovale, selbst elliptische Formen auftreten und in Betreff der Farbe und Derbheit nicht minder wechseln. Die Früchte der typischen Calisaya sind klein und oval, aber es kommen auch solche vor, welche bei nur mittlerer Grösse doch beinahe lanzettlich sind. Noch weniger beständig sind die Blattgrübchen, auf welche schon nach einer frühern Bemerkung (pag. 19) kein Werth zu legen ist.

Die verschiedenen Sorten Calisaya geben 1½ bis 6 pC. Chininsulfat oder ausnahmsweise, nach Howard (Congr. 199), selbst 6 bis 8 pC. Die übrigen Basen finden sich immer nur in geringer Menge. Doch wies de Vrij nach, dass auf Java in voller Besonnung gezogene Calisaya-Rinde ziemlich viel Cinchonin erzeugte, fast keines aber an schattigen Standorten.

Nach Howard ist jedenfalls der von Delondre und Bouchardat zu 0,6 bis 0,8 pC. angegebene mittlere Gehalt an Cinchonin für die flache Calisaya des Handels auf 0,2 bis 0,27 herabzusetzen und ebenso wenig bestätigt sich die Angabe der letztern, dass Astrinden der Calisaya ärmer an Cinchonin seien als die flachen Stammrinden. Vergleichungen authentischer Rinden ergaben nahezu gleichen Gehalt. Hingegen hat Howard

---

*) deutsche Uebersetzung des unter **2** genannten Werkes, pag. 11.
**) Howard ibid. 50.

an der als „Boliviana" (im engern Sinne) unterschiedenen Calisaya-Sorte die merkwürdige Beobachtung gemacht, dass die Menge des unkrystallisirbaren Chinins mit dem Alter der Rinde zuzunehmen scheine. Doch lieferten ihm die ältern, stärkern Rinden immerhin im ganzen mehr krystallisirbares Alkaloïd als die (dünnen) Astrinden.

In meiner Tabelle sind mehrere der Formen von C. Calisaya zum ersten Male aufgeführt. Ich lasse daher meinen Bemerkungen über diese neuen Varietäten die übliche kurze Diagnose vorausgehen und beginne mit der Grundform

C. Calisaya vera. Arbor procera, sylvicola; foliis adultis obovato-oblongis, obtusis, basi attenuatis, submembranaceis, utrinq. viridibus glaberrimisq., in axillis nervorum primariorum distincte scrobiculatis; capsula parva (8 ad 12 millim. longa, 5 ad 6 millim. lata) ovata v. elliptico-ovata, basi rotundata, apice vix attenuata.

Dieser Baum bewohnt die nordbolivianischen Gebirge und die anstossende peruanische Provinz Carabaya; ebenso die Subvarietät *pubera* mit etwas sammthaarigen Blättern. Die Form *glabra* zeigt am beständigsten Blattgrübchen.

C. Calisaya microcarpa. Fol. oblongo-ovat. ellipticisve, obtus., utrinq. viridib. aut inf. nonnihil purpurascentib., subt. pubescentib., scrobiculis prorsus deficientib. v. parcissim.; capsul. quam in typo minorib. (8 ad 10 millim. circ. long), caeterum similib.

In der bolivianischen Provinz Yungas, östlich von der gewaltigen Schneekuppe des Sorata, heisst diese Varietät Calisaya Zamba und Zambita. Ich habe sie 1851 in den Bergen am Coroico, einem Zuflusse des Mapiri, gesammelt, welcher sich in den Beni ergiesst. Die dortigen Rindensammler bezeichneten mir ihre Rinde als die werthvollste der ganzen Gegend und ich hatte die Befriedigung, diese Meinung der „Cascarilleros" durch Howard bestätigt zu sehen. Er erhielt aus einer Rinde, welche er als mit der fraglichen Sorte identisch betrachtet, 4,54 pC. krystallisirbaren und 0,14 pC. amorphen Chinins neben 0,09 Cinchonin, also eine nur selten erreichte oder gar übertroffene *) Ausbeute. — Durch die unterseits purpurn angelaufenen Blätter nähert sich diese Varietät aus Coroico der folgenden; die jungen Blätter freilich kenne ich nicht. **)

C. Calisaya boliviana. Fol. (quam in typo saepe majorib.) obovato-oblongis ellipticisve, obtusis, membranaceis, utrinq. glabris, subt. plus minusve purpurascentib., scrobicul. omnino deficientib. v. rariss.; capsula quam in var. praecedentib. maj. (12 ad 15 mill. longa), lanceolato-ovata, superne aliquantul. attenuata. — Diese Varietät wächst im Innern Bolivias: in den Bergwäldern der Provinzen Yungas, Caupolican und Muñecas, auch in den südlichen Thälern der peruanischen Provinz Carabaya.

Die Subvarietät *pubescens*, mit unterseits flaumigen Blättern, bewohnt das schon erwähnte bolivianische Hochthal Coroico und heisst daselbst Cascarilla oder Quina morada. Den gleichen Namen führt auch die ebenfalls dort vorkommende Subvarietät *glabra*.

---

*) vergl. oben pag. 336. Delondre und Bouchardat haben den mittlern Gehalt der Calisaya mit ungefähr 2½ pC. Chinin offenbar zu niedrig angegeben.

**) sie dürften wohl der Figur 2 der Tafel entsprechen, welche dem am Schlusse unter 20 genannten Howard'schen Aufsatze beigegeben ist.

Ich hatte früher die Calisaya boliviana als eigene Species beschrieben, sehe aber jetzt, dass dabei ein Versehen stattgefunden, welches ich bei dieser Gelegenheit zu berichtigen habe. Ich hatte nämlich ein Exemplar der unten zu besprechenden C. elliptica aus dem Norden Carabayas für C. boliviana genommen und demgemäss (Hist. nat. des Q. 51) die Rinde der letztern als eine der sogenannten leichten Calisaya-Sorten bezeichnet. In Wirklichkeit aber ist die Rinde der Calisaya boliviana der echten Calisaya vollkommen gleichwerthig und unterscheidet sich nur durch untergeordnete äussere Merkmale. *)

Die in Frage stehende Varietät verdankt ihren Volksnamen Casc. morada der purpurnen Unterfläche ihrer Blätter, deren Farbe besonders anfangs an Maulbeeren (mora) erinnert. Mit grösster Leichtigkeit unterscheidet man junge Bäumchen, welche vor übermässigem Licht und Wind geschützt im Walde stehen, von der Calisaya vera. Die Blätter der letztern entsprechen alsdann in Form und Grösse der Figur A, Tafel III (*bis*) meiner Hist. nat. und sind oberseits schön sammtgrün, unten blassgrün oder seltener ein wenig purpurn, manchmal auch mit blutrothen Flecken besprengt. **)

C. Calisaya oblongifolia — Fol. minorib. quam in typo, anguste oblongis, obtusis, viridib., subtus pubescentib., fere escrobiculatis; caps. ut in var. praeced. — Diese Varietät wächst in der Provinz Yungas, in denselben Wäldern wie die Var. microcarpa und ist gleichfalls eine Frucht meiner zweiten Reise. Ich hatte erstere Pflanze *virens* getauft, da die Cascarilleros von Yungas sie *Calisaya verde* nennen, aber diese Bezeichnung aufgeben müssen, als ich mich überzeugte, dass auch andere Formen oder wohl gar Species dort so heissen. Leider aber sind mir dieselben nicht genauer bekannnt geworden, so dass ich mich beschränke, sie der Aufmerksamkeit von Botanikern zu empfehlen, welche Gelegenheit haben, diese Untersuchung aufzunehmen. Markham ***) schon traf drei verschiedene Calisaya-Bäume, welche ihm als Cal. *fina* (Calisaya vera Wedd.), C. *morada* (C. boliviana Wedd.) und *Calisaya verde* bezeichnet wurden. Letztere, wie es scheint ein gewaltiger Baum, ist möglicherweise eine noch unbekannte Varietät. Eine zweite *Calisaya verde* wurde ferner von Howard [20]) erwähnt, aber die Analyse eines authentischen Rindenstückes lieferte ihm Resultate, welche die Bezeichnung Calisaya nicht rechtfertigen. Diese Rinde sah mehr derjenigen der C. elliptica ähnlich.

C. Calisaga pallida. Foliis magis ellipticis quam in typo, obtusissimis, tenuiter membranaceis, pallide viridibus, escrobiculatis; florib. quam in caet. var., ut videtur, minorib. paniculaq. ipsa laxiore. — Diese Varietät tritt auf im Thale Tipuani, Provinz Larecaja in Bolivia. Würde man von den Früchten absehen, so könnte man diese Cinchone

---

leicht für eine Varietät der C. micrantha mit kleinern und schmälern Blättern nehmen.
Im Zweifel, ob hier ein Bastard oder eine sonstige Uebergangsform vorliege, habe ich
es am räthlichsten gefunden, diese Pflanze hier aufzuführen.*) Howard, welcher ein
Exemplar derselben bei mir sah, gedenkt ihrer, wie schon oben (pag. 345, Note *) erwähnt.

C. JOSEPHIANA. Frutex pratensis, foliis oblongo-vel ovato-lanceolatis, acutiusculis,
obtusisve, utrinq. viridib. glaberrimisq., rigidulis, scrobiculatis aut escrobiculatis; capsula
vulgo majore quam in C. Calisaya typica et haud raro ut in varr. γ) et δ) ejusd. sursum plus
minus attenuata. Diese Varietät wächst in Bergwiesen derselben Gegenden wie die Grundform.

Ebendaselbst auch die Subvarietät *pubescens*. Ihre unterseits flaumigen Blätter sind
beiderseits gleich gefärbt, meist ohne Blattgrübchen.

Die Subvarietät *discolor* **) hat breitere, eiförmige oder eiförmig-elliptische Blätter,
unterseits purpurn, flaumig, ohne Blattgrübchen; sie findet sich in Bergwiesen und Ge-
büschen des Thales Pelechuco, nordöstlich vom Titicaca-See.

C. Josephiana ist sehr beständig und vermag sich sogar durch Samen unter Bei-
behaltung ihrer Merkmale (wenigstens während einer Generation) fortzupflanzen, so dass
ich sie als eine Subspecies, nicht nur als Varietät betrachte. Markham,***) welcher
sie in Carabaya beobachtet hat, leitet ihre Eigenthümlichkeit hauptsächlich von der hohen
Lage ihrer Standörter ab. So unzweifelhaft auch die Wirkung dieser Ursache sein mag,
so halte ich sie doch nicht für die allein bestimmende unter den durch die allgemeine
Beschaffenheit dieser Gegenden bedingten Einflüssen. Ich habe mich darüber schon in
meiner Hist. nat. p. 32 ausgesprochen.

C. Josephiana ist viel härter als die Stammform, ihre Samen weit leichter zu erlangen,
und es scheint, dass es jene erstere war, welche zuerst der Cultur und den Vermeh-
rungsversuchen unterworfen worden ist. So wenigstens kam es Howard und mir bei Vergleichung von Exemplaren aus Indien und Java vor. Die Erfahrung muss lehren, nach
wie vielen Generationen die Eigenthümlichkeit dieser Subspecies erlischt. Inzwischen wird
es besser sein, zum Zwecke der Vermehrung der Calisaya von der typischen Form aus-
zugehen und sich der Ableger, nicht der Aussaat zu bedienen, um Kreuzungen auszuschliessen.

Von der Rinde der C. Josephiana liegen keine neuern Analysen vor als die früher [a])
von mir mitgetheilten, nämlich eine Howard'sche, welche 1,60 pC. Chinin ergab, und
eine von Delondre ausgeführte, der nur 0,80 Chininsulfat erhielt.

Man hat auch schon die Wurzelrinde der C. Josephiana in den Handel gebracht,
sie hat sich aber nicht reich an den werthvollen Alkaloïden erwiesen. Das Chinin,
welches allerdings darin vorkommt, lässt sich, wie es scheint, nicht in gut krystallisirtes
Sulfat überführen und selbst die Menge des Cinchonins ist gering. Nach einer Mittheilung
Howard's von 1853 fand er: amorphes Chinin und Chinidin 0,43, Cinchonin 0.29 pC.

---

*) hiernach wäre C. micrantha δ) calisayoides und C. Calisaya ε) pallida der Tabelle eine und
dieselbe Pflanze? *F. A. F.*

**) Fig. B Taf. IX meiner Hist. nat. — Ich besass damals ¡kein anderes blühendes Exemplar der
Calisaya boliviana, deren strauchige Form (eigentlich) die Josephiana discolor darstellt.

***) Blaubuch 1863. 45; auch die bei 21 genannten Reisen.

Derselbe gewandte Analytiker erhielt unlängst: Chininoxalat 0,30, Chinidinhydriodat 0,23 und hebt die Gegenwart des Chinidins als bemerkenswerthe Thatsache hervor, indem in der echten Calisaya das Chinin nur von etwas Cinchonin begleitet ist.

23) CINCHONA ELLIPTICA.

Arbor sylvicola; foliis magnis ellipticis, apice obtusissimis s. fere rotundatis, basi acutis et in petiolum gracilem breviter decurrentib., membranaceis, utrinq. glabris (an semper?), supra obscure viridib. et subvelutino-lustrosis, pagina inferiore tota costaque et nervis primariis paginæ superioris purpurascentib. — Diese neue Art wächst auf den Bergen der Thälern P'hara und Ayapata in der Provinz Caravaya.

Wie oben (pag. 30) angegeben, hatte ich sie mit der Calisaya boliviana zusammengeworfen und deshalb letztere im Norden der Provinz Carabaya angegeben, wo sie fehlt. Ich hatte die Diagnose nach der gemalten Zeichnung eines Exemplars entworfen, welches ich 1847 in Crucero, der Hauptstadt jener Provinz, von einem aus Ayapata anlangenden Rindensammler erhalten hatte. Ein Stück Rinde des gleichen Baumes, welches dem Exemplar beilag, erhöhte dessen Werth sehr, gab aber zu dem angedeuteten Versehen Anlass. Später gewann ich nämlich die Anhaltspunkte, um in der Rinde von Ayapata diejenige Sorte zu erkennen, welche am gewöhnlichsten Carabaya-China heisst, was mir auch neuerdings Howard nach Vergleichung meiner Probe bestätigt. Diese Sorte ist gut dargestellt bei Delondre und Bouchardat,[11]) hat aber jetzt nur noch historische Bedeutung. Von 1847 bis 1853 diente sie in ziemlich bedeutendem Masse, sowohl in England, als auf dem Continente zur Gewinnung des Chinins. Doch knüpfen sich höchst unglückselige Erinnerungen an dieses Geschäft, indem zwischen den Cascarilleros und dem kriegerischen Stamme der Chunchos Händel ausbrachen und den Tod von 50 bis 60 Mann herbeiführten, worunter der Leiter der Expedition, Backhouse. Dieselbe endigte mit einem Verluste von ungefähr 150,000 Francs. (Howard, Congr. 213.)

Howard fand in der Carabaya-China 1,43 pC. Chinin, 2,1 Chinidin, 0,50 amorphes Chinin, 0,34 amorphes Cinchonin. In Länge (30 Centimeter) und Breite (18 bis 20 Centim.) stimmen die ausgewachsenen Blätter der C. elliptica ziemlich überein mit denen der C. micrantha; unterseits sind erstere purpurn wie bei C. purpurea, C. purpurascens und C. Calisaya boliviana. Wegen der dünnen Blattstiele glaubte ich die C. elliptica der Grundform C. Calisaya und nicht der C. ovata unterordnen zu sollen.

In Crucero, in Arequipa und anderswo habe ich die Rinde dieses Baumes viel gesehen, aber nirgends unter dem in Europa üblichen Namen Carabaya-China. In Carabaya selbst heisst sie Cascarilla verde morada.

24) CINCHONA PURPUREA.

Pöppig[12]) schilderte diese Art als hohen Baum mit grossen unterseits purpurn geaderten Blättern und brachte Proben der Rinde mit, worin Reichel die im Handel als Huamalies vorkommende China-Sorte erkannte. Howard bestätigte mit einigen Einschränkungen diese Ansicht. C. purpurea scheint nämlich nach dessen Vermuthung in mehrern noch näher zu erforschenden Formen aufzutreten. Dergleichen, und zwar in Howard's Augen die interessantesten, wurden 1854 durch Lechler bei St. Govan *) gesammelt. Ein Exemplar (Nr. 2342) ist bezeichnet: C. purpurea R. et P. Schldl. Cascarilla morada et Zamba morada incolar. Ein anderes (Nr. 2347 C. Lechleriana Schldl. nov. sp. vel potius Var. C. purpurea R. et P. microcarpa et brevistyla Schldl.) vom Aussehen der werthvollen Cinchonen ist möglicherweise der Stammpflanze jener besten Carabaya-China entnommen, welche Zamba morada (dunkel purpurn) heisst. Die morada ordinaria hingegen ist vielleicht von C. rufinervis, C. erythroderma, oder auch von C. ovata abzuleiten. Die Carabaya-China, zumal die des Bezirkes Marcapata, sieht der sogenannten Huamalies so ähnlich, dass ich eine grosse Verschiedenheit der Stammpflanzen kaum annehmen kann.

Da ich die Lechler'schen Pflanzen nicht besitze, so habe ich eine Abbildung der Blätter meiner C. elliptica zur Vergleichung an Howard geschickt. Indem derselbe in Betreff der C. purpurea auf seine Illustrations [2]) verwies, billigte er meine so eben vorgetragene Anschauungsweise.

25) CINCHONA RUFINERVIS.

Ich hatte diese Art zuerst als eigenthümlich aufgestellt, dann aber [1]) als Varietät zu C. ovata gezogen; ihre Selbständigkeit scheint mir heute erwiesen, obwohl ihre botanische Kenntniss sich nicht vervollständigt hat. Auch Howard (Congr. 214) hält dafür, dass C. rufinervis nicht mit C. ovata zu vereinigen sei. Markham **) hat sie an den gleichen Standorten gesammelt wie ich.

Mit Rücksicht auf einen Volksnamen der C. rufinervis hatte ich diese für die Stammpflanze der Carabaya-China gehalten, was oben seine Berichtigung gefunden hat. Die Rinde der erstern wird übrigens, wie ich [1]) angegeben, der Calisaya beigemengt und steht ihr allerdings nahe genug, um (neben der C. erythroderma) meine Bezeichnung „Pseudo-Calisaya“ zu verdienen. Howard findet sie in der That nahezu so reich an Chinin wie die echte bolivische Calisaya. Mit vollem Rechte zählt man also die C. rufinervis zu den „Calisayas légers“.

26) CINCHONA SUCCIRUBRA.

Es ist überflüssig, hier auf die Bedeutung dieser wichtigen Art und ihre Nomenclatur einzugehen; bis auf weiteres scheint mir jedoch nicht bewiesen, dass sie mit meiner C. erythroderma zusammenfalle. Auch die Besprechung der über Erwarten gelungenen Einführung der C. succirubra in Indien überlasse ich den im Anhange unter 22. 24. 25. 13. 26 aufgeführten Schriften.

In jenen Pflanzungen sind Abänderungen der Grundform der C. succirubra aufgetreten, die Howard (Congr. 214) unterschieden hat; welchen Antheil hierbei die Cultur hatte, ist einstweilen nicht zu bestimmen.

---

*) auch San-Gaban geschrieben, am Ausgange eines der grossen Thäler Caravayas, unweit des Flusses Ynambari. Daselbst soll eine bedeutende spanische Stadt gestanden haben, aber von den Indianern fast spurlos zerstört worden sein.

**) Blaubuch (22) 1863. 48.

Die Rinde dieser Art ist auffallend durch ihren bedeutenden Gehalt an Chinagerbsäure und Chinaroth, welcher für beide zusammen, nach H o w a r d , auf 12 bis 15 pC. ansteigt. Auch in Betreff der Alkaloïde pflegt diese Rinde durchschnittlich eine der reichsten zu sein; doch scheint ihre Menge, wohl in Folge von oxydirenden Einflüssen in den tief dunkel gefärbten Stellen abzunehmen.

C. ERYTHRODERMA. Diese von mir in Centralperu, in den Gebirgen von Vilcamayu, nördlich von Cuzco, aufgefundene Cinchone, wächst nicht selten mit C. scrobiculata zusammen, scheint aber keine besondere Benennung zu tragen. Sie ist sehr leicht zwischen andern Arten zu finden; ich empfehle künftigen Besuchern des Thales Santa Ana sie aufzusuchen, was von pflanzengeographischem Interesse wäre, ganz abgesehen von dem Nutzen für die Landschaft. Vielleicht geht auch die C. succirubra so weit; man hat sie schon bei Cuenca getroffen, also ziemlich weit von ihrem zuerst bekannt gewordenen Standpunkte bei Huaranda (oder Guaranda) am Westabhange des Chimborazo. Allerdings liegen aber die Ostabhänge der centralperuanischen Anden noch ein gut Stück weiter ab.

C. ROSULENTA. H o w a r d charakterisirt diese Subspecies wie folgt: foliis late ovatis v. subrotundo-ovatis, auctis, basi in petiolum attenuatis, supra sparse pilosis demumque glabratis nitidis, subtus pilosis escrobiculatis, costa venisque utrinque plus minus villoso-hirtellis, venis in utroque latere costæ 11—14 subparallelis cum costa angulum obtusum formantibus et in nervum marginalem abcuntibus; floribus pro genere mediocribus, in paniculam laxam dispositiis, pedunculis pedicellis ovariisque rufo-villoso-tomentosis; dentibus calycinis ovatis, acuminatis; coralla calycem sextuplo superante, extus sericeo-tomentosa; capsula.......

Diese Cinchone wurde von P u r d i e in hohen kühlen Standorten unweit Velez im heutigen columbischen Staate Santander (östlich vom mittlern Laufe des Magdalenastromes) getroffen. Sie heisst dort Quina de la tierra fria. Getrocknet ist sie von C. succirubra, wie es scheint, nur durch die Rinde zu unterscheiden. Letztere ist im Handel nicht selten und völlig von derjenigen der C. lancifolia β) rubra (pag. 20) verschieden, womit P l a n c h o n *) sie unter der Rampon'schen Bezeichnung „Quinquina à quinidine" vereinigte. Sie liefert 1¹/₂ bis 2 pC. Alkaloïd.

H o w a r d wählte den Namen rosulenta mit Bezug auf „Carthagène rosé", unter welcher Benennung diese Sorte schon von Anfang an durch O s s i a n H e n r y verstanden und auch durch D e l o n d r e und B o u c h a r d a t abgebildet worden war. Letztere erhielten daraus 1,80 pC. Chininsulfat und 0,40 Cinchoninsulfat, H o w a r d dagegen (Januar 1855) 0,26 Chinin, 1,45 Chinidin, 0,20 Cinchonin.

Nach H o w a r d 's Versicherung ist es die Rinde der C. rosulenta, woraus W i t t - s t e i n sein Cinchonidin oder Paltochin (pag. 26) erhalten hat. **)

____

*) pag. 99 der unter 8 gen. Schrift.

**) Ich besitze W i t t s t e i n 's Rinde authentisch und muss gestehen, dass ich sie weder äusserlich, noch mikroskopisch von der Rinde der C. Palton unterscheiden kann, welche mir H o w a r d mitgetheilt hat. *F. A. F.*

C. ERYTHRANTHA. Ich stelle jetzt auf H o w a r d's Rath diese Form hierher, obwohl sie sich auch auffallend der C. coccinea nähert, wie sie denn beide von P l a n c h o n zu C. macrocalyx gezogen worden waren. Die Rinde der C. erythrantha scheint wohl nach S p r u c e die wahre Cuchicara-China (pag. 18) zu sein.

27) CINCHONA OVATA.

In der Tabelle habe ich den Namen dieser Species der ganzen Stammreihe (Stirps V) vorgesetzt, welche durch ihren Formenreichthum eine der wichtigsten ist. C. ovata im besondern gehört zu den am besten bekannten Chinabäumen und scheint in Wahrheit die übrigen Glieder dieser Rinde in auf- und in absteigender Richtung um sich zu vereinigen. Ich muss beifügen, dass die meisten meiner Vorgänger die hierher gehörigen Formen nicht gehörig auseinander gehalten haben. Auch meine Ansichten über den Werth der Ausdrücke, welche für die einzelnen Formen zu gebrauchen sind, haben bedeutende Aenderung erlitten, weit weniger dagegen gilt dies rücksichtlich der verwandtschaftlichen Stellung der Formen. Die drei Zweige nämlich, welche ich aus der Grundform C. ovata entwickelte, betrachte ich anderseits immerhin als sehr innig zu einer ununterbrochenen Reihe verbunden. Ganz eben so gut darf dasselbe von der Stammform C. officinalis gesagt werden.

Wir verdanken H o w a r d werthvolle Bemerkungen über die Reihe der C. ovata; doch kann ich seine Anordnung (Congr. 213) nicht ganz billigen, namentlich nicht die Nomenclatur, welche zu sehr gegen das Recht der Priorität verstösst.

C. ovata genuina. Diese Form, *) von welcher die Rinde *Pata de Gallareta* (Entenfuss) stammt, hatte ich auch auf meiner zweiten Reise nach Bolivia gesammelt und vorläufig, zum Unterschiede von der Var. vulgaris, als Var. macrocarpa bezeichnet, indem ihre Kapseln bedeutend grösser sind.

H o w a r d findet die C. ovata genuina der C. cordifolia meiner Hist. nat. näher stehend als der C. ovata vulgaris und stützt sich dabei auf ein von mir erhaltenes Exemplar der C. cordifolia. Ich stelle die Verwandtschaft keineswegs in Abrede, muss sie aber in etwas anderer Weise auffassen, wenn ich die Pflanzen berücksichtige, wie ich sie lebend beobachtet habe.

Die Rinde „Pata de Gallareta“, welche nur ganz gelegentlich im Handel vorkommt, bietet alle Merkmale einer geringen China dar, gibt nicht die Grahe'sche Reaction (pag. 23) und lieferte blos 1,06 Aricin und 0,08 Cinchonin (H o w a r d).

C. ovata vulgaris. Ich hatte, wie schon erwähnt, mit Unrecht diese Varietät als Typus der Species hingestellt, weil sie in den von mir besuchten Gegenden häufiger ist. Sie heisst hier Cascarilla morada oder noch gewöhnlicher Casc. morada ordinaria. H o w a r d [14]) fand darin 2 bis $2^{1}/_{2}$ pC. Chinidin.

---

*) Sie ist abgebildet in den Werken 3 und 2, in dem letztern mit violetten Blüten. Dergleichen kommen aber, wie ich denke, im Genus Cinchona nirgends vor. Die Färbung, welche der Künstler den Corollen der C. succirubra gegeben, würde ich auch bei C. ovata für richtiger halten.

C. ovata pallescens. Ein Exemplar dieser Varietät im Madrider Herbarium zeigt so tief herzförmige Blätter wie C. cordifolia meiner Hist. nat. und lässt sich mit H o w a r d als Mittelglied zwischen C. ovata und meiner C. ovata pallescens ansprechen. Letztere Varietät wurde auch durch H a s s k a r l unter dem Namen crespilla grande aus Peru gebracht.*)

C. PALALBA. Die Merkmale dieser Pflanze stehen nicht fest genug, um sie hier ohne Bedenken unterzubringen. Doch spricht dafür auch Howard's Bemerkung,**) das sie mit der Varietät δ) der Mutis'schen C. cordifolia übereinkomme. Ihre Rinde, Guibourt's „Quinquina blanc de Lima", ist ebenso werthlos wie die der C. ovata, obwohl sie den Rinden der macrocalyciuae (oben pag. 17) ähnlich sieht. Die weisse Korkbekleidung der palalba hat wohl zu ihrer Benennung veranlasst: palo blanco heisst weisser Stamm. Ein zweiter Volksname, Casc. hoja de zambo, deutet die Aehnlichkeit ihrer Blätter mit denen des Quittenbaumes an.

28) CINCHONA CORDIFOLIA.

Wie die meisten Formen der fünften Abtheilung ist C. cordifolia schwierig zu begrenzen und M u t i s selbst ⁴) war darin nicht glücklicher als seine Nachfolger, wie ein Blick auf seine Synonymie darthut. Er schreibt nur den jungen Blättern vorzugsweise herzförmigen Umriss zu, ***) woraus hervorgeht, dass K a r s t e u's prächtiges Bild†) nicht die gewöhnlichste Form darstellt. Dagegen entspricht es besser der H u m b o l d t'schen enger gefassten Diagnose ²⁷):.... „foliis orbiculato-ovatis saepe subcordatis." Die richtige Mitte hält wie mir scheint K a r s t e n im Texte der Flora Columbiae ein.††)

Die Hauptzüge der Diagnose lassen sich kurz fassen: Blätter etwas herzförmig oder breit oval, 15 bis 25 Centimeter lang; Kapseln lanzettlich, nicht über 20 bis 25 Millim. lang; Bast mit nicht sehr entwickelten Baströhren, faserig brechend.

Zur Zeit von M u t i s hiess dieser Baum in Neu-Granada „Quina amarilla terciopelo" ohne Zweifel mit Bezug auf die sammtartig (terciopelo) flaumhaarigen Blätter. Er ist nach K a r s t e n durchschnittlich 7 bis 8 Meter hoch und wächst in der mittlern und mildern Bergregion zwischen 1500 bis 2400 M. Meereshöhe. sehr im Gegensatze zu der bis 24 M. erreichenden C. lancifolia, welche die nebelreiche des Nachts oft eiskalte Hochregion der bogotensischen Cordillere zwischen 2500 und 3000 Meter bewohnt.

---

*) Hier wäre auch wohl die *Cascarilla serrana de Huaranda de Loxa* Pav. zu erwähnen, deren Rinde H o w a r d (14) als „mammellated variety" der C. ovata bezeichnet, weiterhin aber auf Cinchona rubicunda Taf. bezieht.

**) Note † pag. 30 der unter (4) genannten Schrift: C. cordifolia Var. δ) foliis oblongis superioribus cordatis subtus villo denso fulvo tectis, corolla rosea. Hab. in Loxa et Popayan. Vulgo, in Loxa: *Casc. hoja de sambo* et in Popayan *Requeson colorado*.

***) „folia seniora ovalia vel ovata, paulo decurrentia, juniora constantissime cordata." Markh. 28.

†) Taf. VIII des unter (6) gen. Werkes, welche M a r k h a m (4) in kleinerem Masstabe schwarz wiedergibt.

††) „folia ... apice subacuta, basi cordata vel obtusa, paullulum in petiolum decurrens." — Auch bei Markh. (4) p. 57.

Die Rinde der C. cordifolia, die Mutis'sche gelbe (amarilla) China, wird seit langem nicht mehr gesammelt, da sie zu wenig Alkaloïd enthält. Delondre und Bouchardat (Taf. XVI*) geben 1,2 bis 1,4 pC. Chininsulfat und 0,5 bis 0,6 Cinchoninsulfat an, wobei aber in ersterem das Chinidin mitgerechnet ist. Karsten beschreibt keine Varietäten dieser Art und doch sind vielleicht als solche zu betrachten die Formen mit langen gelben und mit kürzern schwarzen Früchten, welche Howard [14. 2)] nach Restrepo in Bogota anführt.

Die 4 nächstfolgenden Cinchonen mögen als Subspecies (races) der Mutis'schen C. cordifolia betrachtet werden.

C. LUTEA. Man würde diese Pflanze auf den ersten Blick schwerlich von der C. cordifolia aus Bogata unterscheiden, aber schon ihre Rinde, abgesehen von andern Merkmalen, rechtfertigt die Trennung. Im Rindengewebe waltet nämlich ein gelber Farbstoff**) vor, welcher auch in andern Formen der Stammreihe der C. ovata wiederkehrt und im allgemeinen geringe Rinden anzeigt. Sehr gewöhnlich nähert sich ferner ihr Bau dem der Buena- (Ladenbergia-) Rinden.***)

C. lutea liefert die blasse oder helle Jaën-China, worin Manzini 1842 Aricin nachwies, aber für eigenthümlich hielt und mit Bezug auf C. ovata *Cinchovatin* nannte. †) Zu Pavons Zeit hiess diese Rinde China von Chito und Ynta, nach diesen beiden 100 Meilen von einander entfernten Orten. ††) Nun will aber Howard gefunden haben, dass die im nördlichen Theile dieses Striches gesammelte Rinde in Betreff ihres Baues mehr mit der Rinde der benachbarten Mutis'schen C. cordifolia übereinkomme, während die mehr im Süden gesammelte Rinde anatomisch derjenigen der C. pubescens näher stehe. Es wäre zu wünschen, dass künftige Beobachter hierauf Rücksicht nähmen.

C. PLATYPHYLLA. In meiner Hist. nat. hielt ich diese Pflanze für identisch mit der C. cordifolia von Bogota, von welcher ich sie heute entschieden trenne. Nach Karsten dürfte sie als eigene Species oder als Varietät *peruviana* der C. cordifolia zu betrachten sein, nach Howard als C. ovata Var. *cordifolia*. Diese beiden Bezeichnungen aber sind schon als Speciesnamen im Gebrauche, so dass ich die fragliche Form lieber als platyphylla bezeichne. Dadurch wird zugleich ein Merkmal hervorgehoben, welches, neben der Entwicklung ihrer Kapseln, diese Cinchone am besten von der columbischen Grundform unterscheidet. Die Rinde der C. platyphylla nähert sich in Bau und äusserer Beschaffenheit sehr derjenigen von Pelletieriana und zeigt demgemäss auffallend holzigen Bruch. Im Gegensatze zur C. ovata haftet bei der C. platyphylla sowohl bei der lebenden als bei der geschälten Rinde die Aussenrinde (Periderm) fest an der Mittelrinde (Derma),

---

*) Planchon (8 pag. 98) zieht diese Tafel zu C. lancifolia.

**) In den Aricin-haltigen Rinden pflegt dieser Stoff das Chinaroth zu ersetzen; es nimmt an der Luft eine schöne gelbe Farbe an und derartige Rinden, nicht die Calisaya, hätten eigentlich, nach Howard, den Namen gelber China verdient.

***) Flückiger, Pharmakogn. 370 § 29.

†) das Aricin hatten Pelletier und Coriol 1829 aufgefunden.

††) Chito liegt zwischen Loxa und Cuenca im äussersten Süden von Ecuador.

wie es auch bei C. Pelletieriana der Fall ist. Immerhin scheint letztere Rinde reicher an gelbem Farbstoff zu sein.

C. SUBCORDATA. Die Rinde dieser Cinchone ist eine der als „Casc. pata de gallinazo" (pag. 18) bezeichneten, quinquina de Loxa cendré A bei G u i b o u r t, ashy bark der Engländer. Sie enthält ungefähr 2 pC. Basen, meist Cinchonin.

C. ROTUNDIFOLIA. Diese Form steht ohne Zweifel der vorigen sehr nahe. Ueber die Rinde ersterer wissen wir nichts; P e r e i r a und H o w a r d [14]) hatten geglaubt, sie in G u i b o u r t's Quinquina de Loxa cendré B, ashy crown bark der Engländer zu erkennen. Später zeigte sich, dass diese Sorte von C. macrocalyx abzuleiten sei. [2])

29) CINCHONA TUCUJENSIS.

Diese Species bewohnt die Gebirge von Merida in Venezuela und geht mit der C. cordifolia unter allen Cinchonen am weitesten nach Norden. Nach ihrem Entdecker K a r s t e n ist C. tucujensis, ein 7 bis 10 M. hoher Baum, der C. purpurea sehr nahe verwandt. H o w a r d zog in seinem Gewächshause ein von K a r s t e n selbst erhaltenes Exemplar dieser Art. Bei kräftiger Entwicklung und 12 Fuss Höhe zeigte sich aber, nach H o w a r d's Urtheil, die Aehnlichkeit mit C. purpurea keineswegs. *) Auch die Rinden beider Arten sind sehr verschieden.

Diejenige der C. tucujensis wurde nach K a r s t e n [3]) früher als Maracaybo-China ausgeführt. Unter diesem Namen ist sie bei D e l o n d r e und B o u c h a r d a t **) abgebildet mit der Angabe: 0,3 bis 0,4 Chininsulfat und 1 pC. Cinchoninsulfat. H o w a r d (Congr. 220) traf sie jedoch gelegentlich auch reich an Chinin.

Aus Puerto Cabello in Venezuela wurde 1867 unter dem Namen Puerto Cabello eine Chinarinde in Hamburg eingeführt, welche 1,2 bis 1,6 Chinin und 0,75 bis 3,5 pC. Cinchonin liefert. ***) Nach K a r s t e n †) ist sie unzweifelhaft die Rinde der C. tucujensis.

---

*) p. 61 in dem Werke (4).

**) tab. XVIII (11). — R a m p o n und P l a n c h o n schreiben sie der C. cordifolia zu.

***) W i g g e r s und H u s e m a n n. Jahresbericht 1867. 89 und 1869. 83.

†) zufolge gefälliger brieflicher Mittheilung (April 1868) an den Uebersetzer. Ich erlaube mir, die Stelle wörtlich beizusetzen: „diese Rinde (die sogenannte China de Puerto - Cabello) stammt aus dem „Gebirge von Merida und zwar aus dem östlichen Theile desselben, der Provinz Trujillo, wo ich zuerst „die Mutterpflanze derselben, die C. tucujensis, auffand. Von dem Verkäufer der Rinde, der in Puerto „Cabello wohnt und dieselbe dorthin, statt nach Maracaybo, wie diess in älterer Zeit geschah, bringen „liess und sie von dort verschickte, erhielt ich die Rinde zur Untersuchung und ein Blatt, oder vielmehr „einen beblätterten Zweig daneben, angeblich von dem Baume entnommen, der diese Rinde geliefert „haben sollte. Das Blatt gehörte zweifelsohne der C. tucujensis an, ebenso meiner Meinung nach ein „Theil der Rinde, nämlich derjenige, welcher die sog. Krystallzellen (Med. Chinarinden N. Gr. 38) ent- „hält. Neben C. tucujensis fand ich eine zweite Cinchonee, wie ich meine eine Cinchona, mit kleinern, „fast eiförmigen oder elliptischen Blättern, damals ohne Blumen und Früchte, von einem eingeborenen, „gut unterrichteten Arzte sehr geschätzt und für die beste Chinarindenart gehalten. Ohne diese Angabe „hätte ich den Baum sonst vielleicht für ein Lasionema gehalten. Von diesem mochte nun der zweite „untergemischte Antheil der mir zugekommenen Chinarinde von Puerto Cabello abstammen. Ich machte „den Verkäufer auf diesen Umstand aufmerksam und es versprach mir derselbe, darüber Nachforschungen „anzustellen. Da ich demselben in seinem Interesse weitere Sendungen im Grossen widerrathen musste,

80) CINCHONA PUBESCENS (und C. PELLETIERIANA).

Howard[1]) ist der Ansicht, dass diese Art früher mit C. purpurea zusammengeworfen und selbst von Ruiz und Pavon nur unvollständig gekannt worden sei ; in des letztern Herbarium ist sie kaum vertreten. Dies gilt, wenn ich nicht irre, auch heute noch von der Vahl'schen C. pubescens. In der That haben weder jene Verfasser der Flora Peruviana, noch ihre Nachfolger darüber Bescheid gewusst; die Original-Abbildung berechtigt eben so gut, sie für eine besondere Art zu erklären, als sie mit C. ovata, C. purpurea, C. Pelletieriana oder einer noch andern zu identificiren. Was mich betrifft, so zweifle ich nicht, dass C. pubescens Vahl mit einer der eben genannten Arten zusammenfalle. Ich gestehe, dass ich niemals begriffen habe, wie man in meiner C. Pelletieriana eine von C. pubescens verschiedene Pflanze erblicken konnte. Howard[2]) zwar nimmt mit mir an, das C. Pelletieriana die Rinde liefere, in welcher Coriol und Pelletier das Aricin*) fanden und welche bei Delondre und Bouchardat (tab. XIX) „Quinquina jaune de Cuzco" heisst. Gleichwohl aber leitet Howard „Quinquina brun de Cuzco" desselben Werkes[11]) von C. pubescens ab und fügt bei, diese Rinde habe jenen Chemikern 0,40 pC. Chininsulfat geliefert. Diesem Verfahren könnte ich nur unter den eben entwickelten Voraussetzungen beistimmen. Wenn Howard auf Delondre gestützt angibt, C. pubescens und C. Pelletieriana fänden sich beisammen in den Wäldern von Cusco, so darf ich wohl erwidern, dass letzterer über diese Frage keine Meinung hatte, **) sondern einfach von den Rinden sprach, welche gemengt vorkämen.

Markham***) hat eine von ihm in Carabaya beobachtete C. pubescens Varietät *Huinapu* beschrieben, welche ich dort ebenfalls gesehen habe. Obwohl der Baum nicht blühte, konnte ich kaum zweifeln, Buena magnifolia Wedd. (Ladenbergia Klotzsch) vor mir zu haben.

C. OBOVATA. Diese von Pavon in der Gegend von Huanuco gesammelte Cinchone ist daselbst von Pöppig und von Pritchett wieder gefunden worden. Mit Unrecht, wie es scheint, hat man den Namen Casc. con hoja de oliva (olivenblätteriger Chinabaum) auf sie bezogen. Die Rinde dieser letztern würde zu den guten Sorten gehören, während

„da die Rinde nur $1\frac{1}{2}$ pC. Chininsulfat gab, steht freilich dahin, ob ich die gewünschte Nachricht erhalte ; „ich selbst habe gleichfalls nichts von dieser unbestimmten Pflanze gesammelt." — Ich habe aus Hamburg diese Puerto Cabello Sorte erhalten und sie neulich Howard vorzulegen Gelegenheit gehabt. Er fand neben der unzweifelhaften Rinde der C. tucujensis auch einzelne wenige Stücke von C. cordifolia heraus. In Pharm. Journ. and Transact. July 23, 1870 findet sich aus Caracas die Mittheilung, dass C. tucujensis unweit der Colonie Tovar bei Caracas wachse (zugleich mit Buena Henleana und B. Moritziana), was Karsten in obiger Mittheilung bestreitet. *F. A. F.*

*) Die hier eingeschalteten Erörterungen über Aricin und Paricin lasse ich weg, indem nähere Auskunft über diese Basen kaum hierher gehört, jedenfalls besser in der chemischen Literatur gefunden wird. Ich verweise z. B. auf Husemann, Pflanzenstoffe (1870) 346. 349. 350. — Nur der Mittheilung Howard's an Weddell möge gedacht werden, wonach das Paricin vielleicht ein Oxydationsproduct des Aricins sein dürfte. *F. A. F.*

**) Man erinnere sich, dass Weddell mit Delondre (dem ältern) zusammen diese Wälder besucht hat. *F. A. F.*

***) Blaubuch 1863. 46. 50 und bei Howard, Congr. p. 212.

Howard und ich die der C. obovata in chemischer Hinsicht mehr derjenigen der C. pubescens ähnlich finden. Ersterer traf darin nicht nur das „Chinagelb" (pag. 37), sondern auch ziemlich viel Aricin und in einer von Pritchett mitgebrachten Rindenprobe der gleichen C. ovata wurde auch Paricin *) gefunden.

C. VIRIDIFLORA. Die Rinde, welche Howard [14]) in Pavon's Sammlung und gelegentlich unter der Loxa China fand, scheint ganz werthlos zu sein. Nach der Zeichnung der Blätter dieses Baumes zu schliessen, welche Howard nach Pavon's Exemplar im Madrider Herbarium entwerfen liess und mir mittheilte, dürfte diese C. viridiflora mit C. Pelletieriana zusammenfallen, was auch Vogl [16]) vermuthet.

31) CINCHONA PURPURASCENS.

Von dieser Art traf ich nur kleine Exemplare, ohne Blüten und Früchte, in der bolivischen Provinz Enquisivi, südöstlich von La Paz; sie wächst vielleicht auch in der Provinz Mojos im nordöstlichen Landestheile nach dem Mamore-Strom hin. Die Blätter, vermuthlich die grössten aller Cinchonen, sind unterseits purpurn wie bei C. purpurea und werden von Insecten angefressen.

C. DECURRENTIFOLIA. Sehr selten findet sich im Handel die Rinde dieser Cinchone; sie fällt durch ihre grünnlichweisse oder rostfarbene Aussenrinde auf und heisst vielleicht daher Casc. crespilla ahumada (angeräuchert). Ihre Aehnlichkeit mit der Rinde der C. purpurascens und andere wichtige Analogien lassen Howard annehmen, dass beide Pflanzen zusammenfallen; ich habe sie desshalb in der Tabelle einander jedenfalls genähert.

Howard leitet Guibourt's „Quinquina blanc de Loxa" von C. decurrentifolia oder C. pubescens ab. Diese Sorte mag ja wohl von mehreren Cinchonen abstammen; anatomisch zeigt sie grosse Aehnlichkeit mit der Rinde von C. Pelletieriana.

32) CINCHONA CHOMELIANA.

In der Hist. nat. hatte ich diese Species in die Nähe der C. ovata gebracht, deren Steifheit und Blattconsistenz sie theilt. Wegen der Grösse der Kapseln jedoch, worin ein Zeichen geringeren Gehaltes zu liegen pflegt, setze ich sie hier der C. pubescens nach.

33) CINCHONA (?) BARBACOENSIS.

Diese mir einzig durch Karsten's schöne Figur **) bekannte Species steigt in tiefere Regionen, als sonst die echten Cinchonen, denen ich sie auch nur mit Zögern anreihe. In Barbacoas, im südwestlichen Columbia, wurde sie von Triana nur 115 M. über dem nahen Ocean beobachtet. Nach Karsten's Vorgange möge C. barbacoënsis in dieser Uebersicht der C. Chomeliana beigesellt werden. Mit dieser bolivianischen Pflanze und einer guten Zahl der Buena-Arten (pag. 7) hat C. barbacoënsis die langen, hier 6 bis 8 Centimeter erreichenden Kapseln gemein. Bei der letztgenannten springen sie von Grunde nach der Spitze auf.

---

*) Siehe Note * pag. 39. — Neues Jahrb. d. Pharm. XXXI (1869) 274.
**) Fl. Columb. Taf. XXIII.

Anhang.

Literarische Nachweise.

1) **Weddell.** Histoire naturelle des Quinquinas. Paris 1849.

2) **Howard.** Illustrations of the Nueva Quinologia of Pavon. London 1862. Folio mit 30i ll. Tafeln. — Ohne letztere in deutscher Uebersetzung vom österreichischeu Apotheker-Vereine herausgegeben. London, Lovell Reeve & Co. 1862. 178 Seiten, 8⁰.

3) **Ruiz** et **Pavon.** Flora peruviana et chilensis. Madrid 1799.

4) **Clements R. Markham.** The Chinchona species of New Granada, containing bot. descriptions of the species examined by Drs. Mutis and Karsten; with some account of those botanists and of the results of their labours. London 1867. 139. S.

5) **Karsten.** Die medicinischen Chinarinden Neu-Granadas. Berlin 1858.

6) **Karsten.** Flora Columbiae terrarumque adjacentium specimina selecta. Berolini 1858—1870.

7) p. 11 der unter 4 genannten Schrift.

8) **G. Planchon.** Des Quinquinas. Paris et Montpellier 1864.

9) p. VI des unter 2 genannten Werkes.

10) Proceedings of the internat. horticult. Exhibit. and botanical Congress held in London 1856. p. 222. — Uebersetzt in: Archiv der Pharmacie CXXX (1867) 91 bis 100, sowie in Buchner's Repertorium der Pharm. XVII (1868) 65—68 und 154—176.

11) **Delondre** et **Bouchardat.** Quinologie. Paris 1854.

12) **Lambert.** Illustrations of the genus Cinchona. London 1821.

13) **Howard.** Quinology of the East Indian plantation. London 1869. p. 36.

14) **Howard.** Examination of Pavon's collection of Peruvian barks, contained in the British Museum. London 1833. 33.

15) Nach **Pritchett's** Berichten im englischen Blaubuche (East India Chinchona Plantations) 1863. 125.

16) **Vogl.** Chinarinden des Wiener Grosshandels und der Wiener Sammlungen. 1867.

17) **Miquel.** De Cinchonae speciebus quibusd., adiectis iis, quae in Java coluntur. 1869. — Der Hauptinhalt dieser Schrift findet sich im Archiv der Pharm. 193 (1870) 88—93, Buchner's Repertor. XIX (1870) 180, sowohl als in Flora 1870 Nr. 10.

18) **Berg.** Chinarinden der pharmakognostischen Sammlung zu Berlin. 1865.

19) **Pöppig.** Reise in Peru, Chili und auf dem Amazonenstrome. II (Leipzig 1836) 257—264. — Pharm. Centralbl. 1835. 715.

20) **Howard.** The Calisaya bark of eastern Bolivia. Journal of Botany. London 1863, January. Mit einer Tafel. — Siehe Neues Jahrb. d. Pharm. XXXI (1869) 17.

21) **Markham.** Travels in India and Peru. — Auch in theilweiser deutscher Uebersetzung: Zwei Reisen in Peru. Leipzig 1865.

22) Englische Blaubücher über die Einführung der Cinchonen in Ostindien. (East India Chinchona Plant.) 1863 und 1866.

23) Bulletin de la Société bot. de France II. 150 und 509.

24) **Weddell.** Sur la culture des Quinquinas. Extrait des actes du Congrès international de Botanique tenu à Paris 1867. 7 pages. — Deutsch in Flora 1867.

25) **Soubeiran** et **Delondre.** De l'introduction et de l'acclimatation des Cinchonas dans les Indes néerl. et angl. Paris 1868. 165 p.

26) **van Gorkom.** Die Chinacultur auf Java. Leipzig 1869. 61 S.

27) **A. von Humboldt.** Ueber die Chinawälder in Südamerica. Der Gesellschaft naturforschender Freunde zu Berlin Magazin etc. Bd. I. 1807.

Register.

A. Arten und Formen des Genus Cinchona:

B. Vulgärnamen der Rinden:

Cortex Chinae (Cascarilla, Quina, Quinquina):

Brodtmann'sche Buchdruckerei in Schaffhausen.